Ein langes Leben

BARBARA SCHUMACHER

Ein langes Leben

Ein Jahrhundert –
eine Biographie – 1897 bis 1993

Bibliografische Information der Deutschen Nationalbibliothek
Die Deutsche Nationalbibliothek verzeichnet diese Publikation
in der Deutschen Nationalbibliografie; detaillierte bibliografische
Daten sind im Internet über http://dnb.d-nb.de abrufbar.

© 2013 Barbara Schumacher
Umschlagdesign, Satz, Herstellung und Verlag:
BoD - Books on Demand
ISBN 978-3-8482-4511-6

Inhalt

Vorwort
7

Ein langes Leben
9

Stadtbummel
31

Schönheit
41

Schneefluren
51

Die kleine Elfe
55

Vorwort

Jeder Mensch hat nur ein Leben auf dieser Welt. Einigen ist es gegeben, durch besondere Vorzüge herauszutreten aus der Masse und scheinbar unsterblich zu werden, sei es durch schöpferische, künstlerische Begabung, durch besondere Intelligenz, durch Kreativität oder durch außerordentliche charakterliche Qualitäten wie Mut, Selbstlosigkeit und Güte.

Auch die meisten, also durchschnittlichen Menschen, sollten ihr Leben nicht ungenutzt vergeuden. Sie sollten sich Ziele setzen, ihre Chancen nutzen und versuchen intensiv zu leben, um vieles zu erleben. Dabei lebt es sich leichter und glücklicher, wenn man sich selbst nicht zu wichtig nimmt. Man sollte das Leben mutig angehen und sich den Herausforderungen stellen. Das Leben ist ein Geschenk und eine Verantwortung; es ist aber auch ein Kampf und ein Weg, auf dem man nicht gern allein geht, auf dem uns Menschen, mit denen man verbunden ist, begleiten sollten. Ein Weg, auf dem man erfahren wird, dass Zuwendung, Liebe und Treue für andere, wieder zu einem selbst zurückkommen.

Meine Mutter ist durch Höhen und Tiefen gegangen. Sie hat so viel Glück und Leid erfahren. Sie ist 97 Jahre alt geworden. Sie hat wirklich gelebt.

Ein langes Leben

Der 18.03.1897 um 9 Uhr. Die Glocken der Kreuzkirche in Dresden läuten einen sonnigen Frühlingstag ein. Am Georgplatz Nummer 18 ist ein gesundes Mädchen zur Welt gekommen. Charlotte Dittmann hat eine schwere Nacht hinter sich, jetzt ist sie belohnt, sie hat die Erwartungen erfüllt. Vor zwei Jahren ein Sohn, jetzt die Tochter, alles nach Plan, wie das von ihr geforderte Leben. Sie ist noch so jung, gerade 24. Der Ehemann Friedrich 20 Jahre älter. Der schon gesetzte Herr Stadtrat, als Beamter Diener von Kaiser Wilhelm II. In der herrlichen Kaiserzeit hatte das Deutsche Reich Macht und Wohlstand und Sicherheit für seine Bewohner. Das deutsche Beamtentum war angesehen und von hoher Qualität. Friederich Dittmann war ein Aufsteiger, der erst spät heiraten konnte. Nur als Mann in Amt und Würden durfte er ein Mädchen der guten Gesellschaft freien. Für Charlotte gab es keine Freiheit, keine Leidenschaft und stürmische Liebe. Für den Mann empfindet sie Respekt, er gewährt ihr Schutz. Er ist väterlich, gütig, sogar fesch mit seinem Schnäuzer und dem welligen dunklen Haar; aber er erfüllt nicht ihre Sehnsucht, er lässt sie nicht jung sein. Sie verbringt ihre Zeit mit Konzertbesuchen, im literarischen Kreis, bei Dichterlesungen. Sie muss karitativ sein und wandert mit armen Waisenkindern. Sie schreibt artige Essays in Frauenzeitschriften, auch Gedichte, sogar einen Roman über August den Starken. Abends gehen sie ins Theater. Das Haus am Georgplatz ist ein stolzes und auch ein gemütliches Haus. Charlottes Vater ist Kunstmöbeltischler. Im Parterre hat er ein Möbelgeschäft. Er stellt die Möbel seiner Zeit her, Biedermeier. Er arbeitet mit Sorgfalt und Liebe, er ist gut angesehen in Dresden. Sein Geschäft hat Renommee und bringt vornehme Kundschaft. Die Eltern wohnen im 1. Stock, der belle Etage mit Balkon. Charlotte mit Familie wohnt im 2. Stock ohne Balkon, aber auch mit Stuckdecken und Parkett und großen, hohen, hellen Räumen. Charlottes guter Geist ist Anna. Sie steht dem Hauspersonal vor. Sie ist klein und schmächtig, aber gescheit, flink und gütig. Sie kümmert sich um den Einkauf, die Küche und vor allen Dingen um die Kinder und die ganz persönlichen Wünsche der „Herrschaft". Wie zum Beispiel die goldene Uhrkette, die das etwas zu opulente Bäuchlein von Herrn Stadtrat überspannt und die immer recht blank geputzt sein muss. Anna sorgt auch für die heiße Schokolade zum Frühstück, die ihm die rechte Kraft geben soll, um den Tag am Schreibtisch im Rathaus zu überstehen.

Heute ist ein Freudentag. Die Ankunft von Johanna Charlotte, genannt Hannelotte wird gefeiert. Vater Friederich schenkt seiner jungen Frau

eine lange, goldene Kette, die in Form einer ovalen Goldplatte mit einem Saphir in der Mitte zusammengehalten wird. Für einen kleinen Moment hat das Ereignis die Familie und den Haushalt durcheinander gewirbelt. Sehr bald versinkt der Tagesablauf wieder in sein geregeltes Gleichmaß, das eingerichtet ist wie es den Vorstellungen einer gut bürgerlichen Familie in der Kaiserzeit entspricht.

So wachsen die Kinder auf. Mit dem Kindermädchen täglicher Spaziergang im Stadtpark. In dem langen, hohen Flur ist ein Trapez mit wahlweise Ringen installiert; täglich sind sportliche Übungen angesagt. Solch ein Sportgerät

Hannelotte als Kind in Dresden

10

passt in den fortschrittlichen Zeitgeist. Man besann sich auf den alten Turnvater Jahn. In den Schulen wurden Turnhallen eingerichtet. Es kam die Wandervogelbewegung auf. 1894 wurde das internationale olympische Komitee IOC gegründet und 1896 fanden die ersten olympischen Spiele der Neuzeit in Athen statt.

Die Mahlzeiten werden pünktlich eingehalten. Eine Glocke am Tisch fordert das Hausmädchen auf, abzutragen und den nächsten Gang zu servieren. Im Winter kommt eine große Kiste Apfelsinen aus Afrika, die die Gesundheit in der obstarmen Jahreszeit garantieren soll.

Eine mit Ungeduld erwartete Unterbrechung sind die großen Feste. Das schönste davon ist Weihnachten. Schon Wochen davor beginnen Vorfreude und Vorbereitungen. Unweit vom Haus wird der „Striezelmarkt", der berühmte Dresdener Christkindlsmarkt, aufgebaut. Hier gibt es das bunte Holzspielzeug aus dem Erzgebirge. Die Engel als Kerzenhalter, die Pyramiden, auf denen sich die Krippenfiguren drehen, die Nussknacker, die Räuchermännchen und vieles mehr. Dazu gehört auch das Dorf Seifen aus Holz, die Sternsinger, die Engelgruppen und die Pflaumenmännchen. Auch türkischen Honig und gebrannte Mandeln kann man kaufen. Aber das schönste ist die große Weihnachtskrippe mit dem Jesuskind, das fast so groß ist wie ein echtes Baby. Wenn es dann noch schneit und die Glocken der nahen Kreuzkirche erklingen, ist die Stimmung sehr romantisch. Hannelotte ist gern auf dem Weihnachtsmarkt, begleitet von Mammi oder Anna. Sie steckt ihre roten Händchen in den weichen Muff, hebt den Kopf, schließt die Augen und lässt die kalten Schneeflocken auf ihrem Gesicht zerfließen. Sie summt die Weihnachtslieder, nach deren Melodie sich die Figuren der erzgebirgischen Spieluhren drehen. Sie trampelt mit ihren Schnürstiefelchen den Schnee zu Matsch und beobachtet die Kutschpferde, deren Atem ein weißer Nebel ist. Wenn sie warten müssen, haben sie karierte Wolldecken über dem Rücken. In den Mähnen glitzert der weiße Raureif. Sie spaziert von einem Stand zum anderen. Da sind tausend schöne Dinge, die sie sich wünschen könnte: Rauschgoldengel,

Lebkuchenherzen und Puffreis; aber auch alles anzuschauen ist schon so schön, besonders der glitzernde Baumschmuck. Kugeln aus Glas und silberne und goldene Glocken. Schließlich wird sie kalt und möchte nach Hause. Zu Hause hat man alle Hände voll zu tun. Geschenke werden vorbereitet. Hannelotte stickt mit Annas Hilfe und Bruder Fritz versucht sich mit Laubsägearbeiten. Anna in der Küche bereitet den Teig für viele Stollen nach altem Dresdner Rezept mit reichlich Zitronat und Sultaninen. Die Stollen werden geformt, auf große Holzbretter gelegt und dann auf einem Leiterwagen zur Bäckerei gebracht. Es gibt große und kleine Stollen. Viele werden zu Weihnachten verschenkt. Das Haus wird geschmückt, überall duftet es nach Tannengrün und Backwerk. Hannelotte ist ein sensibles, gefühlvolles Kind. Den ganzen Zauber der Weihnachtsstimmung, die Vorfreude, nimmt sie in sich auf. Sie darf einen Wunschzettel für das Christkind schreiben. Darauf stehen eine große Puppe, eine Haarschleife, Bücher und ein Engel als Kerzenhalter aus dem Erzgebirge. Endlich kommt dann der große Tag. Man darf nicht mehr ins Weihnachtszimmer. Die Mammi läuft geschäftig hin und her. Es ist so lange bis zum Abend. Anna deckt im Esszimmer die Festtafel. Mammi hat eine Weihnachtsdecke gestickt mit Glocken und Tannenzweigen. Zweiarmige Silberleuchter sind aufgestellt und an jedem Platz zwei erzgebirgische Engelchen. Das Geschirr ist das Meißner Weinblattmuster, das besonders gut zum Weiß-Grün der Tischdecke passt.

Die ganze Familie zieht sich nun festlich an. Papi geschmückt mit der goldenen Uhrkette, Mammi mit dem großen Spitzenkragen, Fritzchen im Matrosenanzug und Hannelotte im weißen Rüschenkleid und schwarzen Lackstiefeln. Die ganze Familie, auch Großmutter und Großvater, geht zur Weihnachtsmesse in die Kreuzkirche. Die Kirche ist so groß, so dunkel und die Luft riecht nach dem Bienenwachs der Kerzen. Es ist sehr feierlich. Zur Orgelmusik singen alle Weihnachtslieder. Der Pfarrer erzählt von der Geburt des Jesuskindes, das allen Menschen Freude bringt. Schließlich wird gebetet. Die Orgel ist bewegend und gewaltig für das Kind. Sie zittert, sie friert, aber zum Teil ist es die Aufregung. Zu Hause spielt Großmutter Weihnachtslieder auf dem Klavier. Alle singen mit. Fritz muss die Weihnachtsgeschichte vorlesen. Hannelotte dauert alles viel zu lange; sie trippelt von einem Füßchen auf das andere.

Endlich öffnet Anna die Tür! Der bunt geschmückte Weihnachtsbaum gibt mit den vielen weißen Kerzen ein herrliches Licht. Silbernes Lametta glitzert im Schein der Flammen. Bunte und silberne Stanniolpapierketten, Kugeln in allen Farben und Schaukelpferde aus dem Erzgebirge sowie kleine Nussknacker machen den Baum so weihnachtlich und vertraut. Auf Tischchen mit weißen Damastdecken sind Geschenke und ein bunter Teller mit Süßigkeiten für jeden aufgebaut.

Da steht ja Hannelottes wunderschöne Puppe! Mit großen, blauen Glasaugen, echtem lockigen Haar und einem Rüschenkleidchen, ganz ähnlich dem ihren, so richtig zum lieb haben und glücklich sein. Jedes Jahr steht da wieder der Kaufmannsladen, neu gefüllt für die Kinder mit Geld aus Schokolade, Brot und Früchten aus Marzipan, Rosinen, Mandeln und vielem mehr, mit einer Waage und lauter Tütchen. Jeder muss natürlich einkaufen. Fritzchen und Hannelotte wollen dauernd bedienen. Weihnachten wird für Hannelottes ganzes Leben das wichtigste und schönste Fest bleiben.

Nun beginnt das große Essen. Alle haben Hunger, es ist schon ziemlich spät geworden und die Kinder haben vor lauter Aufregung den ganzen Tag kaum etwas gegessen. Das schönste ist die knusprig gebratene Gans, gefüllt mit Äpfeln, Esskastanien und Majoran. Dazu Rotkohl, Kartoffeln und als Nachtisch Tutti Frutti, eine aus Schichten bestehende Süßspeise, bei der sich Vanillecreme, Bisquit und Früchte abwechseln. Das Weihnachtsgetränk ist Bischof, ein mit Pomeranzensaft gewürzter Rotwein, von dem auch Hannelotte schon ein Schlückchen probieren darf. (Rezept und Herstellungsanweisung).

15.1.83.

Mein liebstes Bärbchen!

anbei sende ich Dir das Rezept
für die Bischofsessenz. Hebe es gut auf. Gundi hat
es sich von Frl. Steffen in der Adlerapotheke geben
lassen. Sie schickte uns Fotokopien und so sende ich
Dir eine. Du nimmst erst Zucker und Wasser und
machst Dir eine sehr süße Zuckerlösung die Du schon
1 Tag vorher machst. Vielleicht ½ Liter (den Du aber
nie ganz brauchst und den Rest für Kompott
verwenden kannst.
Dann nimmst Du 2 Flaschen kräftigen Rotwein,
(ich habe oft Maroccanischen, die Flasche etwa 3,80 DM.
und 1 Flasche Leitungswasser.
Jetzt kochst Du das Leitungswasser (es ist ja ¾ Liter)
in einem ganz, ganz sauberen Topf kurz auf,
nimmst sofort vom Feuer und gießt die 2 Flaschen
Rotwein rein. Nun tust Du 6 Eßlöffel Bischof-
essenz rein und 1 Schwupp Zuckerlösung. Du
rührst um und kostest und kennst es wenn es
Dir nicht süß oder nicht kräftig genug ist weiter
abschmecken. Ich zähle nicht wie Gundi 5-6 Eßlöffel
ab; ich schütte nach Gedanken rein. Bedenke, abge-
kühlt schmeckt es etwas süßer.

Herstellungsanweisung für Bischof, von Hannelotte geschrieben

Schließlich sind alle schon recht müde geworden und der Tag klingt aus in Träumen von Erwartung und Erfüllung.

Draußen ist es kalt geworden, die täglichen Spaziergänge im Park werden eingehalten. Sonntag sind auch Mammi und Papi dabei. Hannelotte soll gerade gehen, darum muss sie sich Vaters Spazierstock auf den Rücken legen und mit den Oberarmen halten. So zu gehen ist mühsam und gar nicht lustig. Wie viel besser geht es doch da den Kindern, die auf dem zugefrorenen Stadtparkweiher Schlittschuh laufen.

Der Kauf eines herrschaftlichen Anwesens in Loschwitz ist der Lohn für den Fleiß, das künstlerische Schaffen und den untadeligen Ruf von Hannelottes Großvater. Der nächste Sonntag wird nicht so langweilig sein, da ist ein Besuch bei den Großeltern in Loschwitz angesagt. Die wohnen in einer Villa mit gepflegtem Park. Hannelotte kommt das Haus riesengroß vor; es hat ein Türmchen und sie meint, es ist fast wie ein kleines Schloss. Im Garten sind weiße Kieswege, viele Blumen, Bänke und eine hohe Blutbuche, deren Stamm so dick ist, dass Hannelottes Arme ihn nicht umspannen können. Im Wohnzimmer, wo es dunkler als zu Hause ist, gibt es sehr viel Kuchen und Sahne und Kakao. Hier schimpft keiner, wenn man kleckert. Zu Großvaters Füßen liegt ein großer, ruhiger und lieber Hund. Es ist Benno, ein Bernhardiner, der behäbig mit dem Schwanz wedelt, aber keine Lust zum Spielen hat. Großmutter geht dann mit den Kindern den Garten hinunter, der fast bis zum Elbufer reicht. Hier steht eine weiß-grüne Eisenbank. Sie beobachten die Kähne und Schlepper auf der Elbe, die langsam dahingleiten. Endlich kommt dann ein stolzer weißer Raddampfer. Diesmal ist es die „Meißen". Sie hören eine Musikkapelle und sehen viele fröhliche Menschen, denen sie zuwinken. „So eine Fahrt will ich mir zum Geburtstag wünschen". „Gut, wenn du fleißig auf dem Klavier übst, will ich darüber nachdenken", verspricht die Großmutter. Das Klavier ist für Hannelotte eine Qual. Sie ist unmusikalisch, macht keine Fortschritte und hat gar keinen Spaß dabei. Schöne Musik? Ja, die Militärkapellen zu Kaisers Geburtstag, wenn die Soldaten in schmucken Uniformen zum Radetzki Marsch auf den Straßen durch das festliche Dresden marschieren, oder wenn eine Kapelle im Kurpark den Donauwalzer spielt, das sind für sie Töne, die ins Blut gehen, die das Herz öffnen, die sie träumen lassen, vom Tanz im Ballkleid, wenn sie einmal erwachsen sein wird. Aber selbst Papi, den sie besonders liebt – sie ist seine kleine Maus – weiß gar nichts von den Gedanken und Träumen der Tochter. Sie wächst auf in einer Biedermeier Gemütlichkeit, in häuslicher Geborgenheit, eingeschnürt in ein Korsett der gesellschaftlichen Traditionen und der Langeweile. Immerhin ist der Vater sportlich eingestellt. So dürfen Fritz und Hannelotte im Sommer in der Elbe schwimmen und im Winter Schlittschuh laufen. So vergeht die Kinderzeit.

Hannelotte in Burtenbach

Das Lyzeum ist abgeschlossen und für Hannelotte wird ein Internat ausgesucht, dass sie vorbereiten soll auf die Pflichten einer Hausfrau und Mutter und das die erwartete Bildung einer höheren Tochter von Stand garantiert. Das vornehme Internat in Lausanne, wo ihre Mutter erzogen wurde, ist für die Familie zu teuer. Man entscheidet sich für Burtenbach, ein Mädchenpensionat von gutem Ruf in Bayern.

Das Pensionat Burtenbach

Der Abschied ist nicht schwer. Hannelotte ist abenteuerlustig, sie freut sich auf mehr Freiheit und neue Eindrücke. Es ist ein Aufbruch ins Leben. Ihre Erwartung wird nicht enttäuscht. Die Direktorin, eine gütige und mütterliche Frau, eine nach Lavendel duftende, blondgelockte, angenehme Erscheinung, nimmt sie ans Herz. Die Räume sind hell und freundlich. Der Garten voller Blumen- und Gemüsebeete. Man sieht Gruppen von Mädchen in weißen Blusen und blau-weiß gestreiften Schürzen. In der großen, zentral gelegenen Küche wird Hannelotte ihrer Klasse vorgestellt. Es sind neun Mädchen, die angeleitet werden, einen Blechkuchen herzustellen. Da sind Toni und Rosalie, ihre Zimmernachbarinnen. Toni ein lustiges, rundliches Mädchen mit lebhaften Augen wird Hannelottes Freundin. Ach, sie ist so glücklich, sie fühlt sich so wohl, so losgelöst und fast schon erwachsen. Sie betrachtet ihren Körper im Spiegel. Ja ja, es ist Wirklichkeit. Sie ist eine schöne junge Frau. Die bis

17

über die Schultern fallenden, dichten, dunkelbraunen Haare, die großen fragenden Augen, die ebenmäßigen Zähne, der noch etwas überschlanke, graziöse Körper mit den sehr langen Beinen. Sie lässt ihre Finger über ihre festen Brüste gleiten und fühlt ihre samtweiche, helle Haut. Sie ist mit sich zufrieden, sie gewinnt an Selbstvertrauen.

Die Kurse in Kochen und Backen machen ihr Spaß. Sie liest Storm und Schiller und die Gedichte von Lenau. Sie tuschelt und kichert mit Toni über dies und das und sie erzählen sich Geheimnisse. Da gibt es den jungen Gardeoffizier in Dresden, dem sie beim Parademarsch schon dreimal zugewinkt hat und Günther Franke, ein Freund der Familie aus Berlin, der manchmal zu Besuch kommt. Er duftet nach einer Mischung aus Tabak und Eau de Cologne. Seine Haut ist gebräunt, die Muskeln fest, und er wirkt auf sie so anziehend und männlich, dass sie ein eigenartiges Ziehen im Magen und eine beunruhigende Erregung in seiner Nähe empfindet.

Das Leben in Burtenbach ist abwechslungsreich, ausgefüllt mit viel Arbeit durch praktische und theoretische Kurse, aber auch Spaß bei Ausflügen und Gartenfesten. Heimweh hat Hannelotte eigentlich nur nach ihrem Papi, den sie so sehr liebt und sie weiß, dass er seine „kleine Maus" vermisst.

Ein Jahr vergeht wie im Fluge. Plötzlich kommt eine schlimme Nachricht. Mammi schreibt: Papi ist krank geworden, ernstlich krank, ein Prostataleiden, unter dem sie sich nichts vorstellen kann. Der Schreck und die Sorge schnüren ihr die Kehle zu. Zum ersten Mal scheint Unglück in ihr Leben zu treten. Sie kann vor Angst nicht schlafen. Papi ist für sie der liebste und wichtigste Mensch. Sie will nach Hause zurück. Es heißt Abschied nehmen von dem liebgewordenen Burtenbach, wo sie so viel Nützliches und für ihr Leben Wichtiges gelernt hat: die feine Küche, Gartenbau, Literatur und vieles mehr. Es bedeutet auch Abschied nehmen von den fröhlichen Freundinnen, von einer unbeschwerten, sorglosen Zeit.

Sie fährt mit der Eisenbahn von Burtenbach nach Dresden. Die Reise scheint endlos. Die Eltern stehen am Bahnhof. Papi nimmt sie in die Arme wie immer, alles scheint nicht so schlimm zu sein. Zu Hause angekommen, hat Papi eine ganz besondere Überraschung für sie, er will ihr eine Freude machen. Es ist ein kleiner Hund, ein Rehpinscher. Er ist für Hannelotte ein ganz unerwartetes, heimlich schon lange ersehntes Geschenk. Der Hund ist klug und gelehrig. Sie kann sich ständig mit ihm beschäftigen. Sie nennt ihn „Püppchen".

Er wird ein Freund. Schnell passt er sich dem Tagesrhythmus der Familie an. Er empfindet sofort, wenn Hannelotte besonders fröhlich, oder aber sehr traurig ist. Im ersten Fall tollt er übermütig herum, im zweiten schmiegt er sich wie mitfühlend an sein Frauchen. Mit Lackledergeschirr und Leine begleitet er die Familie auf jedem Spaziergang. Im Winter schützt ihn ein weiches rot-grün-kariertes Wolldeckchen, das man um seinen Körper binden kann.

Bald schon muss Papi zur Kur nach Karlsbad. Mammi und Hannelotte gehen mit. Es ist eine Zeit voller Hoffnung und die drei fühlen sich sehr verbunden. Wieder zu Hause in Dresden geht es Papi nicht gut;

Der Hund „Püppchen"

er wird schwächer und blasser. Jetzt sucht man Hilfe in Peterswaldau. Wieder gehen sie zu dritt auf die Reise. Bei Spaziergängen fällt ihnen ein Denkmal auf. Sie lesen: für unseren geliebten Doktor Adolf Dressler, der schon im 31. Lebensjahr bei einer Typhusepidemie, bei seiner unermüdlichen Arbeit für die Patienten sein Leben gab. Damals ahnt Hannelotte noch nicht, dass eines Tages dieser Dr. Adolf Dressler der Urgroßvater ihrer Kinder sein wird.

Papi geht es schlechter und schlechter. Es kann ihm keiner mehr helfen. Sein Tod ist für die Familie ein auswegloser Schmerz, ein plötzliches Herausgerissensein aus der scheinbar so heilen, sicheren, geordneten und vorprogrammierten Welt. Mammi und Hannelotte haben nicht gelernt, mit Eigenverantwortung selbständig zu leben; auch Fritz ist noch mehr Kind als Mann. Sie fühlen sich allein gelassen und hilflos. Mammi ist gerade erst 40 Jahre alt und Hannelotte 17. Püppchen, das letzte Geschenk vom Vater, kann sie etwas ablenken. Mammi kauft ein Sommerhäuschen in Wehlen in der sächsischen Schweiz, nah am Elbsandsteingebirge. Das Haus ist steil am Hang gelegen mit Blick auf die Elbe. Wehlen ist eine malerische, sehr ländliche kleine Stadt, liegt inmitten von Obstbäumen und Wiesen. Der Marktplatz und die Straßen sind aus Kopfsteinpflaster. Das Material ist heller Sandstein. Es gibt ein schönes, altes Rathaus aus Fachwerk, was bereits mehr als hundert Jahre alt ist und eine Uferpromenade mit Bänken und freundlichen Ausflugslokalen, deren Terrassen fast bis zur Elbe reichen und die bei schönem Wetter zu einem Eisbecher oder zu Kuchen und Kaffee einladen. Charlotte versucht ihrem Leben neue Impulse zu geben. Sie wandert, sie schreibt Kurzgeschichten, sie versammelt Kinder um sich, denen sie Märchen erzählt und mit denen sie singt. Abends spielt sie für sich Harmonium. Hannelotte ist öfter dabei, sie schwimmt gern in der Elbe, sie machen Ausflüge auf den weißen Raddampfern. Sie besuchen Meißen, die schöne alte Stadt mit der Porzellanmanufaktur und Seifen, das Dorf der erzgebirgischen Schnitzereien. Hannelotte schreibt viele Briefe. Briefe an ihre Freundinnen aus Burtenbach und auch einen an Günther Franke. Dreimal zerreißt sie den Brief, aber dann will sie ihn doch abschicken. Sie muss ihm schreiben, dass sie so leer ist, so traurig, dass seine Besuche schön sind, auf unerklärliche Weise belebend und dass sie sich in seiner Nähe stärker und glücklicher fühlt, so als hätte sie viel mehr Mut zu leben.

Wie ein Donnerschlag beginnt der Krieg. Trotz des Aufrüstens hat niemand so richtig an Krieg geglaubt, nicht einmal der Kaiser. Keiner kann sich vorstellen, was Krieg wirklich bedeutet. Als der Kaiser den Krieg vom Balkon der Residenz in Berlin verkündet, jubeln die Massen ihm zu. Man glaubt, Deutschland wird reicher, mächtiger. Viele junge Männer stürzen sich gern, patriotisch in das Abenteuer Krieg. So auch Günther Franke. Stolz kommt er in seiner schmucken Leutnantsuniform zu Familie Dittmann.

Hannelotte ersehnt seine Nähe und auch er kann seine Leidenschaft zu ihr nicht mehr verbergen. Sie umarmen und küssen sich. Sie wollen sich nicht loslassen. Er hält um ihre Hand an. Die Verlobung wird öffentlich bekannt gegeben. Hannelotte wird Mütterchen Franke, schon Witwe, in Berlin vorgestellt. Die Familie hat ein rentables Fuhrunternehmen und eine Villa im Grunewald. Mausi, Günthers Schwester, lebt exzentrisch. Sie raucht Haschisch und kleidet sich sehr elegant, modern und gewagt. Sie bewegt sich im Kreis von Künstlern und Demimonde und hat wechselnde Liebesbeziehungen. Für Hannelotte ein Einblick in ein völlig neues, aufregendes Milieu.

Dann kommt der Abschied von Günther. Er ist voll Zuversicht und hat Vertrauen zu Deutschlands Stärke. Hannelotte hat große Sorgen um ihn und um die Zukunft. Sie wird Recht behalten. Bald verfliegt die Euphorie und Deutschland steuert allmählich einem Chaos entgegen. Die stolze Flotte ist geschlagen, die Armee unterliegt. Alles ist verloren. Zu Hause in Dresden nimmt die Familie nicht unmittelbar am Kriegsgeschehen teil. Es gibt zwar wenig zu essen, man hört von blutigen Schlachten und Niederlagen, aber der Schauplatz des Krieges ist weit entfernt. Das Kriegsende bringt Elend, Arbeitslosigkeit und Armut. Das wichtigste für Hannelotte, Günther kehrt unversehrt nach Hause zurück. Der Kaiser muss abdanken und geht ins Exil nach Holland. Friederich Ebert wird Reichspräsident der Republik. Er schafft eine neue Ordnung im Land. Für Hannelotte beginnt ein neuer Lebensabschnitt. Sie plant ihre Hochzeit in Dresden. Nach all dem Elend und den Ängsten des Krieges will sie ein einmaliges, unvergessliches Fest. Im langen weißen Spitzenkleid mit dem zu blassen Gesichtchen und den braunen Locken sieht sie aus wie eine Meißner Porzellanfigur. Neben ihr Günther sorglos und glücklich. In der Frauenkirche, einer der schönsten Barockkirchen Deutschlands, führt er sie zum Altar. Ein kleines Mädchen im rosa Taftkleid trägt die Schleppe und sechs Buben im Matrosenanzug streuen etwas zu wild und zu stürmisch Blumen auf den Weg. Die Orgel spielt: „So nimm denn meine Hände und führe mich". Das Brautpaar kniet nieder, die Ringe werden getauscht. Der Pfarrer spricht von der Kraft der Liebe. Die Familie ist gerührt und zufrieden. Unter Glockengeläut verlassen alle die Kirche. Das große Familienfest wird im Hotel Kaiserhof gefeiert. Ein Photograph macht Gruppenbilder, und natürlich muss sich das Brautpaar immer wieder in Position stellen. Die Festtafel ist ganz in Weiß und Silber gehalten, weißer Damast, weißes Porzellan, weiße Kerzen, weiße Rosen, silberne Platzteller, Silberbesteck, silberne Leuchter, dazu geschliffene Gläser aus Böhmen, die im Kerzenlicht funkeln. Ein Festmenü mit Trinksprüchen, Reden und Gedichten auf das Brautpaar. Ein Leierkastenmann spielt Lieder aus alten Zeiten. Nichts verrät Armut und Inflation. Im Gegenteil, man hat den Eindruck einer noch heilen Welt. Es ist das Bild der glücklichen Kaiserzeit, die in Wahrheit längst der Vergangenheit angehört. Eine Kapelle spielt zum Tanz auf, die Herren im Frack, die Damen in langen, pastellfarbenen Kleidern bieten ein Bild von Lebensfreude. Mütterchen Franke und Mammi Dittmann sitzen zusammen. Sie haben den Familienschmuck angelegt, denken wehmütig an ihre verblichenen Männer und stolz und hoffnungsvoll an die Zukunft der Kinder. Alle vergnügen sich bis zum Abend auf der großen Terrasse. Das Bild erinnert an das Motiv eines Impressionisten. Die meisten bleiben bis zum Dunkelwerden. Als die Gesellschaft Abschied nimmt, glaubt Mammi Dittmann, dass Hannelotte gut versorgt ist und sie damit als Mutter ihre wichtigste Pflicht erfüllt hat.

Das Brautpaar verbringt die Flitterwochen im Hotel „Kempinski" in Berlin. Er schenkt ihr Brillianten und Perlen. Er ist behutsam und zärtlich mit ihr, aber auch leidenschaftlich, wild und stürmisch. Sie hat nicht geahnt wie stark ihr Verlangen sein kann. Sie ist hungrig nach ihm, sie gibt sich ihm hin, sie ist willenlos und aufs höchste glücklich in seinen Armen. Die Umwelt ist bedeutungslos, eigentlich gar nicht mehr vorhanden. Sie will nur ihn und immer wieder ihn, seine Augen, sein Lachen, seinen Geruch, seinen Körper. Es ist wie ein Rausch, wie ein nie geahnter Genuss, eine Bestimmung, eine Erfüllung. Was er für ein Mensch ist? Was sind seine Charaktermerkmale, wo sind seine Stärken, seine Schwächen? Sie weiß es nicht, sie kennt ihn nicht. Im Augenblick steht er nur für Liebe, für Sex. Aus den Flitterwochen werden viele Wochen. Endlich zieht man wie geplant zu Mütterchen in den Grunewald. Püppchen ist auch dabei.

Günther soll sich um das Geschäft kümmern. Im Krieg mussten die Pferde abgegeben werden. Dringend braucht man einen Neuanfang. Neue Ideen, eine starke Hand und Kreditverhandlungen mit den Banken. Auf Günther setzt Mütterchen alle Hoffnung. Er aber sieht nicht die große Verantwortung, er will ausweichen. Er engagiert sich nicht. Er lässt zu, dass der Betrieb zugrunde geht.

Im Hause Franke verkehren viele junge Leute; es sind Günthers und Mausis Freunde. Viele verehren und bewundern Hannelotte. Es fällt ihr leicht, zu gefallen. Auch der Jurastudent Ferdi Dressler ist ein Freund des Hauses. Er zeigt sich stark beeindruckt von Hannelotte.

Ihre Schönheit, ihr Charme und ihre Jugend schenken ihr die Sympathie und das Wohlwollen der Menschen. Sie genießt ihre Ausstrahlung wie ein Geschenk. Erhöht wird ihr Reiz durch naive Hilflosigkeit. Sie wirkt schutzbedürftig und verletzlich. Günther will mit Hannelotte allein sein und nimmt Wohnung in einem Hotel. Hannelotte ist schwanger. Sie freut sich so auf das Kind. Im August 1919 wird Valentin geboren. Er sieht dem Vater ähnlich. Er ist Hannelottes Liebling, ihr Lebensinhalt, ihr Stolz. Günther kann stundenlang mit ihm spielen; er schläft morgens lange, er arbeitet nicht, er sammelt Briefmarken. Sie leben vom Vermögen der Familie Franke. Die Familie ist besorgt, hilflos. Valentin ist zu dieser Zeit der ganze Trost, die ganze Freude von Mammi und Mütterchen. Hannelotte und Günther genießen Berlin. Sie gehen zum Tanztee ins Adlon. Sie erlernen den Charleston. Hannelotte trägt einen Pagenkopf und raucht Zigaretten aus einer sehr langen, silbernen Spitze. Im Adlon, dem Hotel von Welt, trifft sich ein internationales Publikum. Berühmte Politiker, Künstler wie Richard Tauber und Marlene Dietrich, die Tänzerin La Jana und viele andere. Der Tanztee ist in Berlin eine absolute Neuheit. Hannelotte kann hier ganz hautnah Menschen erleben, die aus Journalen und Filmen bekannt und interessant sind. Sie liebt den Tango, den erotischsten der Tänze ihrer Zeit, den sie perfekt beherrscht. Sie zieht viele Blicke auf sich. Mit Mausi besuchen sie die renommierten Bars und lassen sich ins Nachtleben einführen. Hannelotte und Günther wollen sich abends in der Bar „Zum blauen Engel" mit Mausi treffen. Für Hannelotte ist der Besuch der Nachtbar ein noch unbekanntes Abenteuer. Als sie eintreten, spielt die Kapelle Tango. Auf der erleuchteten Tanzfläche biegen sich die Paare zum Rhythmus der sinnlichen Musik. Die Luft ist ein bläulicher Zigarettendunst. Da entdecken sie Mausi. Sie sitzt in einem Sesselchen: dunkler Bubikopf, Strassstirnband, getuschte Wimpern und Lidschatten, auberginefarbener Mund, weiß-silbernes Fransenkleid. Zu beiden Seiten jeweils ein Mann. Sie wirken wie Brüder. Schwarzes Haar mit viel Pomade, kleiner Schnäuzer. Sie rauchen und trinken Champagner. Der eine umfasst ihre kleinen Brüste, der andere flüstert ihr ins Ohr. Ihre Augen glänzen, sie wirkt erregt und legt ihre Beine auf den Schoss des Flüsterers.

Hannelotte setzt sich mit Günther an die Bar. Sie trinkt einen giftgrünen Cocktail. Beim Tanz schmiegt sie sich an ihn. Die mondäne, verruchte und sehr erotische Atmosphäre steckt sie an. Sie fühlt ihn, sie verlangt ihn, sie zittert, ist so erregt wie Mausi, sie will nach Hause, sie muss sofort mit ihm schlafen.

Das also ist Mausis Welt. Eine Welt erregender und betörender Gefühle, von Mausi noch erhöht durch Haschisch und Kokain. Eine Welt, wo es Abgründe gibt, in denen Enttäuschung, Ernüchterung und Krankheit lauern. Es ist ein Tanz auf dem Vulkan, der ins Unglück führen muss. Günther ist Kettenraucher, so dass Valentin in einer Luft zum Schneiden aufwachsen muss.

Hannelotte ist wieder schwanger. Sie weiß nicht, ob sie sich freuen soll. Sie empfindet die Schwangerschaft als Verrat an Valentin. Sie glaubt, das neue Kind muss für den Erstgeborenen Verlust von Zeit und Liebesentzug bedeuten. Sie liebt Valentin so sehr, sie will nichts abgeben von ihrer Zuwendung. Sie kann keine Beziehung aufbauen zu dem Kind in ihrem Leib.

Ein kleines Mädchen wird geboren: Gisela. Sie ist dünn, hat spärliches Haar, eine Spitznase und schmale Lippen. Valentin dagegen ist ein liebreizender, dunkelgelockter Bub. Die kleine Gisela versucht, der Mutter zu gefallen, einen Platz in ihrem Herzen zu erobern, aber sie findet ihn nicht. Große Eifersucht quält das Kind. Sie wird verstockt. Ihre Lippen kneift sie häufig zusammen, sie ist streitsüchtig und schwierig. Valentin dagegen ist treuherzig, gütig und fröhlich.

Manchmal hat der Vater Mitleid mit Gisela. Er nimmt sie auf den Arm und bringt ihr kleine Geschenke mit. Dann lacht sie ab und zu und reagiert mit einer rührenden Anhänglichkeit.

Hannelotte ist eine Frau, die vor allem vom Gefühl und sehr wenig vom Intellekt gesteuert ist. So macht sie sich auch noch wenig Sorgen darüber, dass Günther keinerlei berufliches Konzept hat, dass er nicht arbeitet und viel Geld ausgibt für Briefmarken und high life. Hannelotte ist ja gewöhnt, geführt und beschützt zu werden. Niemals hat sie selbständiges Denken und Handeln gelernt. Das leichte Leben in Berlin geht weiter. Im Bett wird Champagner getrunken. Man trifft sich mit Freunden im Theater, man besucht Parties und Trabrennen im Grunewald, wo die Mode der Schönen und Reichen interessanter ist als die Pferde.

Plötzlich trifft die Familie ein großer Schreck. Bei einem Bummel durch Berlin ist Püppchen verschwunden. Den ganzen Tag suchen Günther und Hannelotte. Sie laufen durch alle, dem Tier bekannten Strassen. Sie fragen viele Menschen, machen Meldung bei der Polizei, sie rufen und pfeifen stundenlang. Die Kinder weinen. Als es dunkel wird und die Hoffnung immer geringer, das Tier wieder zu finden, hat Günther eine Idee. Es gibt einen Schwarzmarkt für Hunde in Berlin.

Sie fahren in ein Stadtviertel, das bekannt ist für Proletariat, Kriminalität und Schmuggel. Sie biegen um eine dunkle Ecke und tatsächlich, dort tut sich vor ihnen ein Platz auf voller winselnder und kläffender Hunde, mit Stricken festgebunden, bewacht von einigen furchterregenden, dunklen Gestalten. Suchend wandern ihre Augen von Tier zu Tier. Da, ein Freudenschrei, Püppchen, der laut jaulend sich seiner Leine entreißen will. Der Preis, ihn wieder freizukaufen ist hoch. Püppchen ist gerettet, sie haben ihn wieder! Glücklich und erleichtert, den Hund auf dem Arm, fahren sie nach Hause.

Die Kinder wachsen heran. Oft besuchen sie Mütterchen Franke im Grunewald, die hübsche Kindermode kauft und ihre Enkel gerne herausputzt, um sie beim Damenkränzchen vorzuzeigen.

Schon wieder ist Hannelotte schwanger. Sie ist reifer geworden. Sie wünscht sich eine große Familie, und so freut sie sich jetzt auf das dritte Kind. Es ist wieder ein Mädchen, Klara. Sie ist recht niedlich anzuschauen mit Stupsnase und dicken Bäckchen. Sie bekommt blonde Locken. Sie ist ein naives, lustiges, treuherziges, hübsches Kind. Gisela dagegen bleibt dünn, unansehnlich und gehemmt. Ihre Beine sind krumm, denn sie leidet an Rachitis. Freunde und Bekannte bewundern die reizende Klara. Gisela steht unbeachtet daneben. Keiner nimmt den Hilfeschrei ihrer Seele wahr, wenn sie ruft: „Ich bin die Gisela, ich bin größer."

Allmählich wird das Geld für die Familie knapp, so hat Hannelotte wenig Hilfe im Haushalt. Sie muss viel arbeiten, um alle zu versorgen. Sie ist dennoch zufrieden. Günther, die Kinder, dazu Püppchen, das ist ihr Leben. Aber sehr bald wird die finanzielle Situation kritisch. Das vom Vater geerbte Vermögen ist verbraucht. Hannelotte kann die Kinder kaum noch satt bekommen. Günther verspricht zu arbeiten, aber nichts geschieht. Er ist völlig antriebslos, er schläft, spielt mit den Kindern und gibt die letzten Groschen für Briefmarken und Zigaretten aus. Keiner weiß, dass er bereits psychisch krank ist. In dieser unglücklichen Lage die 4. Schwangerschaft. Günther will die Abtreibung. Mütterchen Franke unterstützt ihn. Sie ist nicht bereit, ihre letzte Reserven zu opfern. Auch Mausi hält einen Abort für die einfachste und beste Lösung. Hannelotte ist verzweifelt. Sie will unbedingt das Kind behalten. Es ist doch ein Kind der Liebe von Günther und ihr. Sie weint, sie schreit, sie kann nicht mehr schlafen. Sie will das werdende Leben in ihr nicht zerstören. Sie wagt nicht, ihre Mutter um Hilfe zu bitten; Mammi darf auf keinen Fall etwas erfahren. Ihre Situation ist ausweglos. Sie fühlt sich hilflos, sie will doch auf jeden Fall bei Günther bleiben, ihn nicht verlieren.

Hannelotte ist überarbeitet, unterernährt, eine entsetzliche Angst lastet auf ihr. Eine Angst, die sie zu ersticken, zu erdrücken droht. Keinem kann sie sich anvertrauen. So ist sie mit ihrer Qual, ihren Zweifeln, ihrem Gewissen ganz allein. Keiner hat Verständnis für ihren Kummer. Da hilft der Körper sich selbst. Sie bekommt eine ganz starke Blutung, es ist ein Abort. Hannelotte wird in eine Privatklinik gebracht. Sie fühlt sich so schwach, so ausgeblutet. Sie ist sehr dünn und sehr blass. Wieder zu Hause, wird die Not immer größer. Sie bringt ihren Schmuck und alles Silber ins Pfandhaus. Von dem Erlös kann die Familie wieder einige Wochen leben. Aber dann kommt das absolute Ende. Sie muss Günther verlassen, um mit den Kindern zu überleben. Sie muss zu ihrer Mutter nach Dresden. Es wird ein schwerer Abschied. Sie liebt ihn immer noch so sehr, ohne Günther kann sie doch gar nicht sein. Sie verspricht ihm, sofort zurück zu kehren, wenn er Arbeit und etwas Geld hat. Er versichert ihr, es soll keine Trennung für lange Zeit sein. Er läuft neben dem Zug am Bahnsteig entlang, immer schneller. Sie winken und winken bis sie sich nicht mehr sehen. Im Zug schließt sie die Augen. Die Stunden ihrer Liebe mit Günther, alles Glück, alle Hoffnung, alle Sorge sind ihr gegenwärtig.

> *„Lippen suchen einander zu berühren*
> *sie dürfen die Liebe atmen,*
> *die Leben bringt.*
> *Lippen suchen weiter -*
> *nippen schließlich am Glas*
> *und schlürfen den schleichenden Tod".*
> *Bernd Schumacher*

Mammi Dittmann nimmt Hannelotte, die Kinder und Püppchen in Dresden im Haus am Georgplatz auf. Sie ist sehr enttäuscht von der Erfolglosigkeit ihrer Tochter und gibt Hannelotte einen Teil der Schuld.

Außerdem ist die Pleite des Schwiegersohns für sie in Dresden sehr peinlich. Gab es doch in ihrer Familie nur redliche, fleißige und vermögende Leute von gutem Ruf.

Da sie Witwe ist und von ihrer Pension lebt, verlangt sie, dass Hannelotte sich Arbeit sucht. Sie findet eine Stelle in einer Wäscherei. Sie muss bei der Arbeit stehen, da werden die Stunden in den heißen Räumen lang. Der Lohn ist bescheiden und reicht nicht, den Kindern auch nur kleinste Geschenke zu machen. Fritz, ihr Bruder, hat eine Anwaltskanzlei und verdient nicht schlecht. Valentins Geburtstag steht bevor. Sie möchte so gerne ein kleines Fest mit Kuchen und Schokolade vorbereiten und eine Überraschung kaufen. Da bittet sie Fritz, ihr 10 Mark zu leihen. Höhnisch und kalt lehnt er ab: So einer Versagerin wie dir leiht man keine einzige Mark. Die Tränen schießen ihr aus den Augen, sie ist so gedemütigt.

Stadtbummel

„Die Handschuhe aus dem Schlussverkauf sind zwar warm,
doch bleibst du liebesbedürftig.
Die Leuchtreklamen wärmen gar nicht.
Die Schaufensterpuppen sind recht ansehnlich,
doch nicht ansprechbar.
Manche sind gar aus Pappe".

Bernd Schumacher

von links: Gisela, Valentin und Klara

Den Kindern geht es in Dresden nicht schlecht. Die Großmutter, genannt Ömchen spielt mit ihnen Ball, sie liest ihnen vor, sie machen Ausflüge nach Wehlen.

Da darf man mit dem Schiff oder auch mit der Eisenbahn fahren. Valentin kommt zur Schule und Ömchen beaufsichtigt seine ersten Schreib-, Lese- und Rechenversuche und übt mit ihm, wenn es nötig ist. Sie gibt den Kindern botanischen Unterricht. Sie zeigt ihnen Heilkräuter, Gräser und Blumen, deren Fruchtstände sie bestimmen, die zum Teil getrocknet und eingeordnet werden. Die alte Anna ist froh, sie kann wieder mit Kindern im Stadtpark spazieren gehen. Püppchen ist immer mit von der Partie. Anna kocht gerne für viele, die hungrig sind und besonders für ihr „geliebtes Hannelottel", die unbedingt aufgepäppelt werden muss. Hannelotte fühlt sich nicht wohl, sie lebt von der Gnade ihrer Mutter und muss sich ständig unterordnen. Täglich wartet sie auf Nachricht von Günther, aber es vergehen Wochen, es vergehen Monate, sie hört nichts. Eines Tages kommt ein Brief ins Haus. Er ist von Toni, ihrer Freundin aus Burtenbach. Sie hat gehört, dass Hannelotte in Dresden lebt und möchte die Freundin besuchen. Toni muss nach Dresden reisen, um sich ein paar Tage um eine alte Tante zu kümmern. Toni hat einen Arzt geheiratet. Sie hat eine kleine Tochter „Liane", gerade ein Jahr alt. Die Familie lebt in Leipzig in einem soliden, zweistöckigen Haus mit Garten. Ihr Leben ist geregelt, sicher. Sie hat Halt an einem starken Mann. Er ist als Arzt erfolgreich und beliebt. Hannelotte kann den Besuch der Freundin kaum erwarten.

In der Wäscherei nimmt sie ein paar Tage frei. Toni hat sich nicht verändert. Sie ist immer noch blond, rundlich, naiv und lustig. Lebensfreude und Optimismus gehen von ihr aus und ihre Ausstrahlung macht auch Hannelotte fröhlich und sie fühlt sich mit Toni um Jahre jünger.

Die Beiden haben sich so viel zu erzählen. Toni zeigt Fotos von ihrer kleinen Familie, von Liane und Max. Hannelotte ist froh, manchen Kummer loszuwerden, wenn Toni ihr zuhört, die nicht genug erfahren kann von den aufregenden und wechselvollen Jahren in Berlin. Toni ist den Kindern sehr zugetan und widmet sich vor allem Gisela, die

die neue, wunderbare Tante nicht mehr loslassen will. Gisela geht es in Dresden besser, sie ist kräftiger geworden, hat mehr Farbe und unter der Obhut von Ömchen und Anna blüht sie sichtlich auf. Sie beobachtet nicht mehr so stumm und streng und ihre blauen Augen haben einen freundlicheren Ausdruck. Toni muss wieder nach Hause zu ihrer Familie. Sie versprechen sich viele Briefe und gegenseitige Besuche. Bald kommt von Toni ein Päckchen mit Spielzeug für die Kinder und für Hannelotte eigentlich überflüssige und deshalb so besonders schöne Dinge: wie Modeschmuck und Lippenstift. Nach dem Besuch von Toni wird Hannelotte sehr klar und deutlich, was sie sich jetzt vom Leben wünscht, was sie so lange entbehrt hat: Sicherheit, durch die Fürsorge von einem starken Mann, unter dessen Obhut und Schutz sie ohne Furcht leben kann, Tage, die in einem berechenbaren Gleichmaß zu Ende gehen, ein Leben, das der Vater ihr gab, ein Leben, das Toni führt. Mit 17 erschien es ihr langweilig, sie wollte ausbrechen, sich ins Abenteuer stürzen. Sie hat inzwischen gelernt, wie heilsam innere Ruhe und Geborgenheit für die Seele sein kann.

Sie liebt Günther immer noch. Sie schreibt ihm wieder und wieder. Sie sagt, dass sie auf ihn wartet, es kommt keine Antwort. Der Alltag in der Wäscherei geht weiter. Die Kinder sieht sie nur abends, wenn sie völlig erschöpft heimkommt. Es ist nicht die Arbeit, nicht der Mangel an Geld, der sie so unzufrieden macht, es ist vor allem die Erniedrigung, der Verlust ihrer sozialen Stellung, die Abhängigkeit von der Mutter.

Es sagt sich wieder Besuch an. Es ist Ferdi Dressler aus Berlin. Er hat inzwischen sein Studium abgeschlossen, seinen Doktor gemacht und ist als Referendar bei einem Berliner Rechtsanwalt tätig. Er hat Mausi getroffen und erfahren, dass Hannelotte sich von Günther trennen musste und in Dresden lebt. Er kann sich vorstellen, dass es ihr nicht besonders gut geht. Er will ihr Freude machen und das gelingt ihm wirklich. Sie begrüßen sich herzlich. Er ist ja ein Stück ihrer schönsten Zeit im Leben, der fröhlichen, übermütigen Jahre in Berlin. Er soll ihr möglichst viel erzählen. Er hat Mausi getroffen, die ein mondänes, lockeres Leben in der Künstlerszene führt. Mütterchen Franke ist sehr einsam und etwas schwermütig. Von Günther kann er nichts berichten. Er soll sich völlig zurückgezogen und jeden Kontakt zur Außenwelt abgebrochen haben. Oft weiß niemand, wo er sich überhaupt aufhält.

Ferdi lädt Hannelotte zum Essen ein. Sie bestellen ein wunderbares Menü und er hat Spaß, dass ihr Appetit von Gang zu Gang größer wird. Schließlich sitzt sie vor einem riesigen Eisbecher mit Sahne und sie kommt ihm vor wie ein Kind, obwohl er fast zwei Jahre jünger ist

Hannelotte als junge Frau

als Hannelotte. Sie fühlt, dass sie ihm immer noch sehr gut gefällt. Das tut ihr gut, das hebt ihr Selbstbewusstsein. Sie will vor ihm stark sein und zeigen, dass sie ihr Leben meistert mit den Kindern und Püppchen, der für sie ein ganz wichtiger Weggefährte ist. Ferdi beschließt wieder zu kommen, seine Besuche werden häufiger.

Sie sind ein Lichtblick in Hannelottes Leben und auch Mammi Dittmann ist angetan von dem wohlerzogenen, höflichen jungen Mann. Allmählich wird Hannelotte unsicher, was empfindet sie eigentlich für Ferdi, wo könnte ihre Freundschaft hinlaufen. Sie ist doch Günthers Frau, sie liebt

ihn so sehr, sie will doch möglichst bald zu ihm zurück. Viele Wochenenden verbringt sie jetzt mit Ferdi. Sie machen Ausflüge. Oft dürfen auch
die Kinder mit. Klara gefällt ihm besonders gut. Sie wandern in der sächsischen Schweiz, sie besichtigen Tropfsteinhöhlen und die berühmten
Holzschnitzer in Seifen, die ganze Spielzeugdörfer, Krippen und so viele
wunderbare Dinge für Weihnachten herstellen. Mit Hannelotte alleine
fährt er in die Porzellanmanufaktur in Meißen. Ein Mokkatässchen
darf sie sich aussuchen. Sie wählt das Motiv mit dem roten Drachen. Sie
besuchen berühmte Schlösser, wie Moritzburg und abends gehen sie in
die Oper. So vergeht ein Jahr. Ferdi verschönt ihr das Leben. Sie kann
sich seiner männlichen Ausstrahlung nicht entziehen. Er verkörpert alles
das, was sie sich schon so lange gewünscht hat; Stärke, Sicherheit, Schutz.
An seiner Seite fühlt sie sich geborgen und wohl. Er ist so angenehm,
sie hat ihn gern. Trotzdem ist sie innerlich zerrissen, unsicher. In ihr
kämpft eine leidenschaftliche Sehnsucht nach Günther, mit dem Verlangen, nach einem verlässlichen Mann. Wieder versucht sie, Günther
zu erreichen, sie fleht ihn an, melde dich, ich will doch mit dir leben, ich
will dich nicht verlassen. Wieder keinerlei Reaktion.

Sie reist nach Leipzig, sie will alles mit Toni besprechen. Toni ist umgeben von Harmonie. Sie ist wieder schwanger und wird von Max
verwöhnt und behütet. Liane ist eine hübsches, zärtliches und sehr
zutrauliches Kind. Das zweistöckige Haus ist freundlich und behäbig
mit einem roten Walmdach und Wintergarten. Toni pflegt den großen
parkartigen Garten und ein Gemüsebeet, wo in artig geraden Reihen
Stockbohnen und Tomaten gedeihen. Der große Wohnraum wird
von einem englischen Marmorkamin geschmückt, zu dem auch die
Möbel passen. Helle, fast weiße leichte Gardinen und ein blumiges
Sofa vermitteln die fröhliche Atmosphäre, die zu der Familie passt.
Toni nimmt sich viel Zeit für Hannelotte. Sie lässt sich alles von
Ferdi erzählen. Die Beschreibung seiner Persönlichkeit, Hannelottes
Gefühle und Zweifel. Für Toni ist Ferdi ein großer Glücksfall für

Hannelotte. Sie muss an die Zukunft denken und sich lösen von der Vergangenheit und von Günther. Hannelotte ist jung, das Leben geht weiter, wie lange will sie noch in Dresden warten ohne Hoffnung. Toni rät ihr, sich Ferdi zu öffnen, ihm entgegen zu kommen, wenn sie ihn lieben kann. Sehr beeindruckt von Tonis Heim und Familie fährt sie mit der Bahn nach Hause. Lange denkt sie im Zug über ihr Leben nach, liebt sie Ferdi? Sie weiß es nicht, sie muss sich noch Zeit lassen. Liebe hat so unendlich viele Facetten. Sie ist wie Musik, wie ein Orchester mit vielen Instrumenten, mit tausend Tönen und Untertönen, laut und leise, ein großes Konzert des Herzens. Hannelotte bedeutet Ferdi unendlich viel. Was kannte er bisher von den Frauen? Flirt mit Studentinnen, ein Abenteuer mit einer Tänzerin, flüchtigen Sex mit Freundinnen von Mausi. Nichts hat ihn aufgewühlt oder eigentlich interessiert. Alles war Ausprobieren, Kennen lernen, Vergnügen. Hannelotte beeindruckt ihn stark. Ihr besonderer Reiz für ihn ist ihre schon erfahrene Weiblichkeit, gepaart mit Naivität und schutzsuchender Hilflosigkeit. Er will sie besitzen, er ist bereit um sie zu kämpfen. Beide finden immer näher zueinander. Alles wird gemeinsam geplant. Sie ist nicht mehr allein, sie hat ständig Rat, Hilfe, Unterstützung. Sie fühlt sich freier, unabhängiger.

Es ist ein wunderschönes Wochenende im Mai, Ferdi hat sich angesagt. Alles riecht nach Frühling. Er lädt sie wieder zum Essen ein. Er hat einen Tisch bestellt auf den Bühl'schen Terrassen. Der Tisch ist geschmückt mit einer Seerose. Als Aperitif bestellt er Champagner. Jetzt muss die Frage kommen: „ Er sagt, er könne ohne sie nicht mehr leben, er will sie zur Frau." Sie ist überwältigt, sie ist übermütig, glücklich. Ja, ja sie will zu ihm gehören, sie liebt ihn, sie will seine Frau sein. Sie lachen und trinken und sehen sich in die Augen. Doch dann spricht er plötzlich von den Kindern. Er ist jung, er steht beruflich am Anfang, er will mit ihr allein sein. Die Kinder sollen ins Internat. Das kann er bezahlen. Alles Blut weicht ihr aus dem Gesicht, Tränen schießen ihr aus den Augen. Sie glaubt, sie kann nicht mehr atmen. Sie ist schockiert, völlig enttäuscht: „Niemals ruft sie, niemals werde ich mich von meinen Kindern trennen". Sie springt auf, ohne Abschied verlässt sie das Lokal. Mit einem Taxi fährt sie nach Hause. Sie schließt sich in ihr Zimmer ein, Schluchzen erschüttert ihren Körper. Stundenlang kann sie nicht schlafen. Das wird das Ende von Ferdis Freundschaft sein. Es kommt ein langer Brief. Er versichert ihr die Ernsthaftigkeit seiner Liebe. Er schreibt, sie solle alles noch mal in Ruhe überdenken. Er würde ein sehr gutes Internat aussuchen, ganz in der Nähe, so dass sie die Kinder häufig besuchen könne. Das alles kommt für sie überhaupt nicht in Frage. Sie schließt sich jetzt noch enger an ihre Kinder an. Hat sie nicht durch die Freundschaft mit Ferdi die Kinder schon vernachlässigt? Bei der Wahl zwischen ihm und den Kindern hat Ferdi schon verloren. Nicht zuletzt für die Zukunft der Kinder wollte sie sich ja für Ferdi entscheiden.

Ferdi kommt wieder zu Besuch. Er wiederholt sein Angebot. Sie begegnet ihm kühl, sie lehnt ihn ab. Sie wollte den Kindern Sicherheit und Geborgenheit in einer Familie ermöglichen. Ferdi spricht mit seiner Mutter. Die alte Dame, eine Arztwitwe aus Küstrin, war entsetzt über seine Liebe zu einer noch verheirateten, um zwei Jahre älteren Frau mit drei Kindern. Ferdi ist das einzige und liebste was ihr vom Leben geblieben ist. Der Mann war auf dem Weg zu Patienten vom Fahrrad gestürzt. Er wurde bewusstlos gefunden und nach Hause gebracht. Dort starb er wenige Stunden später. Wahrscheinlich durch Herzinfarkt. Man hatte ihm im Krieg die Pferde weggenommen und er musste weit über Land mit dem Rad fahren, um seine vielen Patienten aufzusuchen. Durch die Inflation verlor Mutter Dressler ihr Vermögen und ging als Bankangestellte arbeiten. Ihr erster Sohn Adolf, ein Frauenarzt, erlitt im Krieg eine Gelbkreuzvergiftung und starb wenige Jahre später, an Leberversagen. So war ihr nur Ferdi geblieben. Er hatte vor, sich als Rechtsanwalt und Notar in Küstrin niederzulassen.

Als Ferdi ihr nun erzählt, das Hannelotte sich nicht von ihren Kindern trennen will und lieber auf ihn verzichtet, empfindet sie plötzlich Hochachtung vor dieser Frau, auf die sie so zornig war, die scheinbar ihren Sohn verhext hat. Sie sagt ihm: „Ferdi, wenn sie sich nicht von ihren Kindern trennt, wird sie auch deinen Kindern eine gute Mutter sein."

Ferdi ist gerade erst 30, der Entschluss, eine Familie mit drei Kindern zu starten, fällt ihm schwer. In den folgenden Monaten sehen Hannelotte und Ferdi sich nicht. Jeder geht dem gewohnten Tagesprogramm nach. Man denkt aneinander – mal vorwurfsvoll, mal lieb, mal zornig, mal sehnsüchtig. Ferdi fühlt von Monat zu Monat mehr, wie sehr Hannelotte ihm fehlt. Irgendwann hält er die Trennung nicht mehr aus. Ihr Geburtstag steht bevor, der 18. März. Ferdi fährt unangemeldet nach Dresden. Sein Geschenk: ein zweites Meissner Mokkatässchen mit dem roten Drachen. Er wiederholt seinen Antrag. Er sagt: er wolle die Kinder auch. „Wir wollen uns nie mehr trennen und alle zusammen eine Familie sein." Sie willigt ein, sie will das neue Leben wagen, sie will ihm vertrauen und zu ihm gehören. Mit Annas Hilfe haben die Kinder im Stadtpark Schneeglöckchen gepflückt und der Mutter einen Strauss gebunden. Jeder hat ein schönes Bild gemalt. Valentin den Hund Püppchen, Gisela die Familie. Auf dem Bild sieht man die drei Kinder und viel größer Onkel Ferdi, direkt neben Gisela. Klara, malte einen großen Apfelbaum mit lauter runden, roten Äpfeln, die Gesichter haben mit Punktaugen und Strichmund, der lacht. Ömchens Geschenk ist ein rosenholzfarbenes, knöchellanges Frühjahrskostüm. Es passt gut zu ihrem schwarzbraunen Haar. Anna bringt eine Schachtel Konfekt. Mammi, Ömchen, Onkel Ferdi, die Kinder und Püppchen machen einen Geburtstagsausflug in die Stadt. Alle gehen in die Konditorei König. Mammi im neuen Kostüm. Es gibt Sahnetorte und Eis, Mokka und Trinkschokolade für die Kinder. Da steht Ferdi auf, er nimmt Hannelottes Hand und sagt, dass er für immer mit Mammi und den Kindern zusammen bleiben will. Sie sollen ihn Papa nennen. Papa, Papa jubeln Gisela und Klara, aber Valentin, der den Onkel eigentlich auch gern hat, denkt: „Mein Papi ist doch in Berlin. Wird er wirklich niemals wieder kommen?"

Es ist später Nachmittag. Valentin fröstelt, ein kühler Wind vertreibt die schon warme Frühlingsluft. Alle brechen auf. Eine neue Zukunft liegt vor ihnen. Ferdi und Hannelotte gehen nicht mit nach Hause, er hat für Hannelotte noch eine Überraschung bereit. Er führt sie zum Juwelier Rosenbaum und kauft Verlobungsringe. Es sind sich am Fingerrücken verbreitende Goldreifen, geschmückt mit einem ovalen blauen Saphir. Das neue gemeinsame Leben soll in Küstrin beginnen. Ferdi will als Rechtsanwalt und Notar arbeiten. Er startet eine Sozietät mit einem älteren Rechtsanwalt, Herrn Dr. Kuhn. Für Hannelotte steht ein erster Besuch bei Mutter Dressler an. Die Begrüßung ist nicht herzlich, aber auch nicht unfreundlich. Beide Frauen sind zurückhaltend und beobachten sich kritisch. Mutter ist beeindruckt von Hannelottes Charme und Schönheit. Sie erkennt gleich, dass Hannelotte unpragmatisch und unsachlich, sehr emotional und sensibel ist. Mutter Dressler ist eine eher herbe, praktische und sehr handfeste Frau. Sie hat einen guten Kuchen gebacken: „Kind, nimm dir ordentlich!" spricht sie Hannelotte zu. Und schließlich die Empfehlung für gegenseitige Freundschaft: „Ich wünsche mir einen Enkelsohn, einen Dr. Dressler jr." In diesem Moment wünscht sich Hannelotte von Ferdi eine Tochter.

Die Umzugsvorbereitungen beginnen. Für Valentin und Gisela gibt es einen Schulwechsel. Dann kommt der Abschied von Dresden, der Abschied von Ömchen und Anna. Das treue alte Püppchen wird natürlich auch mitgenommen. Man zieht in eine schöne Fünfzimmerwohnung im ersten Stock, gelegen an einem begrünten Platz mit vielen großen Linden im Zentrum der Stadt. Küstrin ist eine kleine, verschlafene Provinzstadt. Schön ist das alte Schloss aus der Zeit des Soldatenkönigs mit dem berühmten Kattewall. Katte war ja der liebste Freund von Friedrich dem Großen, der als Jüngling der Erschießung von Katte, einem jugendlichen, hitzigen Revolutionär, vor dem Schloss beiwohnen musste. Friedrich, der auch an der Revolte beteiligt war, entging nur knapp dem Todesurteil durch seinen strengen, unnachgiebigen Vater.

Die Lage von Küstrin ist schön zwischen Oder und Warte in der Mark Brandenburg. Das Land, das viele aus den Büchern von Theodor Fontane kennen, mit seinen Kieferwäldern, dem Sandboden und dem weitgespannten Himmel, mit den vielen kleinen und großen Seen, in deren Schilf die Frösche quaken. Auf den Dächern der Bauernhäuser und Scheunen nisten zahlreiche Störche. Die Felder sind bestellt mit Kartoffeln, Roggen und Rüben und nur wenig Weizen. Die Dörfer sind schmucklos. Hier und da sieht man die schlossähnlichen Herrenhäuser der adligen Großgrundbesitzer.

Schönheit

Kämpfende Kiefer
wer bemerkt deine Schönheit
das dunkle Grün
ein Borkenkäfer wandert bis in die Krone
ohne sie zu sehen.
Bernd Schumacher

Für den kleinen Ort ist das Erscheinen von Hannelotte und den Kindern Gesprächsstoff. Manche junge Frau hatte sich schon Hoffnung auf den vielversprechenden Ferdi Dressler gemacht, aber Hannelotte beeindruckt durch ihren Liebreiz und die freundliche Art, auf Menschen zuzugehen. Schnell hat sie Freunde gefunden. Ein Kreis junger Ehepaare trifft sich einmal wöchentlich am Abend. Jeder lädt einmal zum Essen ein. Anschließend spielt man Bridge. Hannelotte kann besonders gut kochen. Es gibt Tomatensuppe mit Brotrösterchen, Flusskrebse mit Butter, Karpfen blau oder Ente, dazu verschiedene Gemüse und Kartoffeln mit Soße. Als Nachtisch Tutti Frutti. Dazu trinkt man gerne einen Weißwein von der Mosel. An warmen Sonntagen im Sommer fährt die Gruppe in die Mark, an einen der vielen idyllischen Seen. Picknick und Baden sind angesagt. Die Kinder dürfen auch mit. Es gibt viel Spaß und Neckereien. Ferdi ist verliebt und stolz auf seine Frau. Dr. Schemensky, der internistische Chefarzt vom Küstriner Krankenhaus, ein fescher, sportlicher Typ mit Monokel, macht ihr besonders den Hof. Ferdi will ein guter Vater für die Kinder sein. Er hat sich vorgenommen, seine Pflicht absolut korrekt zu erfüllen. Die natürliche Liebe und das genetische Interesse fast aller leiblicher Väter hat er allerdings nicht. Hannelotte fühlt diesen Unterschied zu Günther. Sie weiß ja auch, dass er sich nur notgedrungen entschlossen hat, die Kinder zu übernehmen und so entwickelt sie in diesem Punkt ein großes Misstrauen Ferdi gegenüber. Diese Spannung, immer fühlbar, erschwert Ferdi, den Kindern innerlich näher zu kommen. Sie untersagt ihm jede kleine Strafe, reagiert gleich gereizt und häufig sogar böse, so dass das Problem zur Belastung der Ehe wird.

Ferdi versucht Hannelotte in jeder Hinsicht zu verwöhnen. Einige Male im Jahr hat er einen Gerichtstermin in Berlin. Gern begleitet sie ihn, Bummel auf dem Kuhdamm, Shopping bei Wertheim sind angesagt. Sie genießt die Großstadtatmosphäre. In den Auslagen sieht man manches, was man bewundern, aber nicht kaufen kann. Dazu gehört ein echt silbernes Mokkakännchen mit Elfenbeinscharnieren, fein gearbeitet und einem Silberröschen als Kopf auf dem ziselierten Deckel. Zu Hause sprechen sie in den nächsten Wochen noch oft von dem reizenden Kännchen. Als Ferdi wieder beruflich nach Berlin fahren muss, will Hannelotte zu Hause bleiben, damit Ferdi Geld spart, und so, von seinem Verdienst am Gericht vielleicht das Kännchen kaufen kann. Gesagt getan, ein Glück, das Kännchen war noch im Schaufenster. Ferdi hat es erstanden. Im Zug hat er es ausgepackt, um es ganz genau immer wieder anzuschauen und zu bewundern. Seither haben beide, immer wenn sie zusammen waren, ein Leben lang nach dem Mittagessen ihren Mokka aus diesem Kännchen getrunken. Dabei benutzten sie die Tässchen mit den roten Drachen. Hannelotte fühlt sich in Küstrin geborgen und wohl. Der Sex mit Ferdi ist angenehm, aber zu kurz, ohne Vorspiel, für ihren Geschmack auch zu selten. Es ist nicht der zunächst zarte, alle Sinne reizende, dann eruptive, beglückende und vernichtende, bis zur Erschöpfung wilde und noch immer mehr süchtig machende Sex von Günther. Das war für sie absolute Seligkeit.

Sie fühlt sich wieder schwanger, sie ist froh, Ferdi ein eigenes Kind zu schenken. Sie ist vergnügt und voller Erwartung. Die ganze Familie bereitet sich auf die Geburt vor, wie auf ein großes Fest. Die Kinder sind um die Mammi besorgt, sie wollen ihr Arbeit abnehmen. Plötzlich hat Hannelotte schwere Träume, sie träumt, sie hat ein Kind im Bauch von einem falschen Mann. Sie darf es nicht behalten. Sie gerät in Panik, hat Angst, das Kind wird Unglück bringen. Sie wacht schweißgebadet auf. Immer wieder kommen diese Alpträume. Sie will es Ferdi nicht erzählen. Sie bleibt mit der Panik allein. Die Geburt ist leicht, sie ist betreut von einer erfahrenen Hebamme. Der Hausarzt, Dr. Ziemendorf wird gerufen. Ferdi wartet nebenan in großer Aufregung. Ein hübsches, kräftiges Mädchen wird geboren. „Sabine". Alle sind glücklich. Für Ferdi ist es ein Wunder. Er fühlt sich stolz und leicht und dankbar. Nur Großmutter Dressler ist etwas enttäuscht. Konnte es nicht ein Knabe sein? Auch die großen Kinder lieben das Schwesterchen. Wenn Ferdi aus dem Büro kommt, führt sein erster Gang ins Kinderzimmer an das kleine Bett. Das Kind hat dichtes, schwarzbraunes Haar und große, dunkle Augen und bald lacht es jeden an, der sich über das Bettchen beugt.

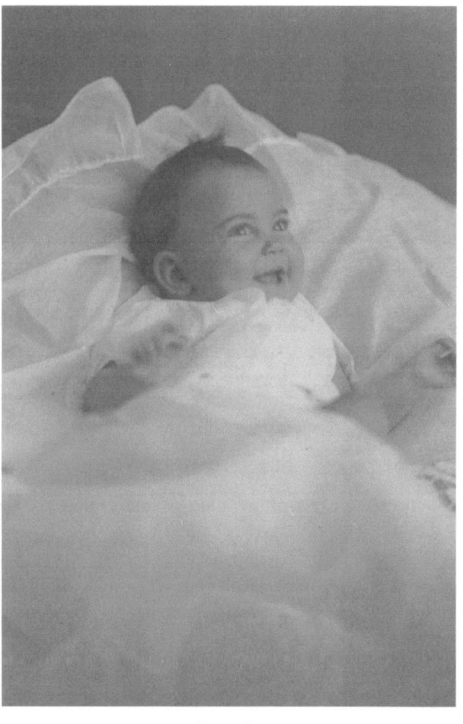

Ferdi macht sich als Rechtsanwalt einen Namen, er ist erfolgreich als Strafverteidiger und man erzählt, er könne drei verschiedene Dinge gleichzeitig erledigen. Er will Hannelotte entlasten und es wird ein Kindermädchen vom Lande engagiert. Sie heißt Marie und es kann für sie im Haus ein Mansardenzimmer gemietet werden. Marie ist sehr jung, sie ist fleißig und frisch und

Sabinchen

hat viel Spaß an den Kindern, mit denen sie singt und spielt. Besonders Sabinchen will sie ständig herumtragen, sie küsst das Kind auf den Mund, obwohl Hannelotte ihr das streng verboten hat. Es gibt noch die Zugehfrau Mägdi. Sie putzt die Wohnung und ist zuständig für die Wäsche. Mägdi versteht sich gut mit Marie. Eines Tages beobachtet Mägdi, dass Marie einen schlimmen Hustenanfall bekommt und anschließend im Bad hellrotes Blut spuckt. Sie erschrickt und sagt, Marie müsse sofort zum Arzt gehen. „Nein, nein", fleht weinend Marie, „Mägdi, bitte verrate mich nicht, wenn die Herrschaft merkt, dass ich krank bin, muss ich fort. Ich bin so glücklich hier, es ist so schön, bitte, ich möchte noch etwas bleiben." Mägdi verrät nichts, aber als Marie immer wieder einen Blutsturz bekommt, muss sie es der Familie sagen. Sie ahnt die große Gefahr. Die Krankheit von Marie ist ein Schock. Sie hat offene Tuberkulose. Nicht nur sie, die ganze Familie muss untersucht werden. Für Sabinchen kommt jede Hilfe zu spät. Sie hat bereits Miliartuberkulose. Die Tuberkelbazillen sind im Blut und überschwemmen ihren kleinen Körper. Die Ärzte sagen, dass sie nur noch drei Monate leben wird. Valentin, Gisela und Klara sind auch infiziert. Es sind aber nur die Lymphknoten der Lungenwurzeln erkrankt und sie haben große Chancen, gesund zu werden. Hannelotte und Ferdi sind nicht angesteckt. Für Marie gibt es keine Heilung. Die Lunge ist schon so zerstört, dass sie an der Schwindsucht sterben wird. Valentin, Gisela und Klara kommen in ein Lungensanatorium und bleiben für Monate fort. Ferdi und Hannelotte sind wie betäubt. Sie können und wollen nicht glauben, dass Sabinchen sterben muss. Das Kind sieht gut aus, es ist so lieb und freundlich und weit entwickelt für sein Alter. Sie feiern ihren ersten Geburtstag.

Sie kann schon stehen und ist so groß, dass sie auf den Geburtstagstisch sehen kann mit den bunten Spielsachen. Da sind Bauklötze, ein Pferd und ein Püppchen. Mammi ist ständig bei ihr und auch Ferdi verbringt jede freie Minute bei dem Kind. Die Ärzte haben leider Recht. Nach Wochen wird sie zunehmend schläfrig, schließlich bewusstlos. Sie stirbt im

Krankenhaus in Landsberg. Als sie tot in ihren Armen liegt, will Hannelotte das Kind stundenlang nicht hergeben. Die Ärzte müssen es ihr fast mit Gewalt entreißen. Die Eltern fassen sich an, es verbindet sie eine innere Leere. Wie ausgehöhlt fühlen sie sich, so, als könnten sie sich über nichts mehr freuen. Der Schmerz hat sie überwältigt.

Sabinchens erster Geburtstag, schon unheilbar krank

Bald kommen die Kinder gesund aus dem Sanatorium zurück. Das Leben geht weiter. Valentin ist schlecht in der Schule. Papa will mit ihm arbeiten und droht mit Hausarrest, wenn er seine Schulaufgaben nicht ordentlich erledigt. Seit Sabines Tod fühlt sich Mammi noch enger mit ihren drei Kindern verbunden.

Wieder untersagt sie Ferdi, die Kinder zu strafen, überhaupt irgendetwas von ihnen zu fordern. Ferdi sieht sich als Vater in der Verantwortung. Er will sich die Erziehung der Kinder nicht verbieten lassen. Nach Sabinchens Tod sind beide gereizt. Es kommt ständig zu Streitereien. Auch die Kinder sind davon verstört. Hannelotte versucht, sich wie ein Bollwerk vor die Kinder zu stellen. Durch die erlittene psychische Belastung ist das Problem viel größer und scheinbar unüberwindlich geworden. Ferdi kommt auch mit Liebe nicht mehr an Hannelotte heran. Zwischen beiden baut sich eine unerträgliche Spannung auf. Ferdi scheint es unmöglich, ein Leben mit den Kindern weiter zu führen. Zu allem Unglück muss nun auch noch das alte Püppchen sterben. Der Hund war für Mammi ein Freund, er hat gefühlt, wenn sie traurig war, hat sich dann vor ihre Füße gelegt oder sich sogar an sie geschmiegt. Nun ist auch er verloren. Hannelotte wird immer aggressiver. Beide können nicht mehr schlafen. Ferdi kann sich auch im Büro nicht auf seine Arbeit konzentrieren. Er versucht sachlich und nüchtern eine Lösung zu finden. Er eröffnet Hannelotte seinen Entschluss: nur wenn sie die Kinder nach Dresden bringt, ist er bereit, bei ihr zu bleiben. Hannelotte ist zutiefst getroffen. Wortlos nimmt sie die Kinder und reist nach Dresden. Die Mutter ist bestürzt und enttäuscht. Schon wieder das Scheitern einer Ehe. Warum hat sie eine so lebensuntüchtige Tochter. Sie kann sich nicht in Hannelotte hinein denken. Wieso schafft sie es nicht, mit einem Mann, der sie liebt, der fleißig, erfolgreich und klug ist, zu leben. Sie erkennt nicht, dass Hannelotte in einer tiefen Depression steckt. Sie gibt ihr keine seelische Hilfe. Von der Mutter kommen nur Vorwürfe. Hannelotte weiß, dass sie sich niemals von den Kindern trennen kann. Sie sieht für die Zukunft keinerlei Lösung. Sie beschließt, mit den Kindern gemeinsam zu sterben. Sie sagt, sie wolle mit den Kindern einen Ausflug in die sächsische Schweiz auf die Bastei machen. Sehr früh am Morgen fahren sie mit der Eisenbahn los. Es ist schon November und die Luft ist nass und kalt. Gisela und Klara freuen sich, aber Valentin fällt auf, dass die Mutter ganz stumm ist und so traurige Augen hat. Es sind sehr wenige Menschen unterwegs. Die schroffen Sandsteinfelsen wirken wie riesige, dunkle, bedrohliche Monumente. Auf den feuchten Wiesen schreien die Krähen und ein Bussard kreist über seiner Beute. Der Himmel ist bedeckt von schwarzen Wolkenfetzen. Dichte Nebelschwaden verdecken den Blick auf die Elbe. Nur undeutlich sieht man einen Schlepper langsam dahinziehen. Die Stimmung ist unheimlich. Mammi, hier ist es gar nicht schön, ruft Klara. Ich will wieder nach Hause. Hannelotte hat sich mit den Kindern an den Rand einer Felsenklippe gesetzt. Steil unter ihnen, hunderte von Metern tief, tut sich vor ihnen ein Abgrund auf. Hannelottes

Körper ist starr, sie fühlt sich bis ins Innerste erfroren. Es gibt kein Zurück, sie müssen alle in den Tod springen. Alle sollen sich an den Händen fassen: „wir wollen jetzt in die Luft springen, dann werden wir wie Engel fliegen und in den Himmel kommen". Voll Vertrauen fassen die Mädchen ihre Hände, aber Valentin schreit plötzlich: „Mammi, Mammi zurück, zurück, ich springe nicht, ihr dürft nicht springen, sonst sind wir alle tot. Ich will nicht sterben und du darfst mich nicht allein lassen." Da wacht Hannelotte auf, kehrt aus einer Trance zurück in die Realität. Sie begreift die Verantwortung für die Kinder, die ein Recht auf Leben haben, das sie schützen muss. Tränen schießen ihr aus den Augen. Die Erstarrung löst sich durch unkontrolliertes Zittern. Sie umarmt, sie küsst die Kinder. Valentin, mein Junge, du hast uns alle gerettet. Die Mädchen begreifen noch nicht, was passiert ist. Sie frieren und sind froh, dass die Reise nun wieder nach Hause geht. In Dresden angekommen, erzählt Valentin Ömchen, das Mammi mit ihnen in den Abgrund springen wollte.

Der Schreck schnürt ihr die Kehle zu. Sie hat die Tochter im Stich gelassen, sie hat ihre Not nicht erkannt. Sie telegrafiert Ferdi: „Hannelotte Selbstmordversuch mit den Kindern, sofort kommen." Anna richtet für alle ein heißes Bad. Hannelotte und Valentin müssen Baldrian Tropfen nehmen. Wie ein Blitz trifft Ferdi das Telegramm. Mit dem nächstmöglichen Zug kommt er nach Dresden. Was ist passiert? Schuldgefühl, Angst und Selbstvorwürfe quälen ihn. Das Wiedersehen – Hannelotte lehnt in seinem Arm, ganz schwach, völlig willenlos. Vorsichtig trocknet er ihre Tränen, beruhigt sie, streichelt sie. Alles lässt sie über sich ergehen, ohne Reaktion. Erst am nächsten Tag ist sie ansprechbar. Beide wollen als Familie neu beginnen. Ferdi versichert, dass er gern für die Kinder sorgt; er verspricht, ihr die Erziehung allein zu überlassen. Er wird sich nicht mehr einmischen. Er will seine Ruhe und Harmonie mit Hannelotte. Dass in dieser Situation sein Engagement für die Kinder nachlässt und einer inneren Gleichgültigkeit, fast

Interesselosigkeit Platz macht, kann Hannelotte sich nicht klar machen. Sie lebt ganz aus dem Gefühl. Obwohl sie nicht unintelligent ist, hinterfragt sie nichts. Sie ist intellektuell nicht geschult, daher nicht kritisch, wie ja die meisten Frauen ihrer Zeit.

Die Weihnachtszeit steht bevor. Weihnachten ist das ganze Leben lang Hannelottes liebstes Fest. Jetzt ist sie in ihrem Element. Alles macht ihr so viel Freude: die Wohnung weihnachtlich zu schmücken, einen Duft zu verbreiten, der eine Mischung von Weihnachtsplätzchen, Tannen, Räucherkerzen und Gewürzsträußchen ist. Sie denkt sich für jeden Überraschungen aus. Kauft die Geschenke ein, die in Weihnachtspapier mit Schleifen verpackt werden und sucht für den heiligen Abend einen Tannenbaum aus. Sie hat ein kindliches Gemüt und ist nicht weniger gespannt auf ihre Geschenke von Ferdi, von Ömchen und den Kindern, als Valentin, Gisela und Klara. Es ist eine Zeit voller Vorfreude. Sie hält die Tradition hoch. Das Weihnachtsfest wird genauso gefeiert wie sie es aus ihrer Kinderzeit kennt und immer so geliebt hat. Einige Wochen vor dem Fest reist Ömchen aus Dresden an, mit ihrem Hund Peter, einem Rauhaardackel. Ömchens Ankunft bedeutet immer den Beginn der Weihnachtszeit. Sie ist schmal, hat schlohweißes Haar und sehr kurzsichtige Augen. Sie bastelt mit den Kindern Weihnachtsschmuck und Geschenke. Jeden Tag liest sie Geschichten vor; es sind biblische, aber auch ganz normale Kindergeschichten. Valentin darf Peter alleine ausführen, aber oft gehen auch alle gemeinsam spazieren. Es ist schon der erste Schnee gefallen. Die Vogelhäuschen werden aufgestellt. Man streut Futter und beobachtet die lustigen, zankenden Spatzen. Es kommen auch andere Vögel: wie Amseln, Finken, Meisen und sogar Elstern. Ömchen erklärt wie sie heißen und woran man sie erkennen kann. Wenn die Familie sehr laut ist, macht Ömchen mit den Armen Schwimmbewegungen, als müsse sie nach draußen entfliegen und hält sich anschließend die Ohren zu.

Jetzt werden die Schlitten und die Schlittschuhe herausgeholt. Eislaufen geht besonders gut auf dem zugefrorenen Stadtparkweiher. Der Weihnachtsabend kommt immer näher. Wenn es dunkel wird, werden viele Kerzen angezündet. Das lange ersehnte Fest wird, genau wie in Mammis Kindertagen, ein Höhepunkt des Jahres. Zum Festessen kommt auch Großmutter Dressler. Sie trägt ein schwarzes Spitzenkleid. Ihr Hals wird gestrafft durch ein perlenbesticktes Band. Als Kette trägt sie die rotgoldene Uhrkette ihres Mannes mit einem ovalen Anhänger. Es ist ein goldgefasster schwarzer Stein mit farbigen Blütenintarsien in der Mitte. Ihr immer noch dunkles Haar, durch das sich einige Silbersträhnen ziehen, ist zu einem großen, lockeren Knoten nach hinten gesteckt.

Hannelottes Mutter, Ömchen

Sie freut sich, das Hannelotte ihre Eleganz bewundert. Großmutter ist noch recht eitel. Alle sind ausgeglichen, zufrieden und guter Stimmung. Jetzt sind sie endlich eine glückliche Familie geworden. Der Winter in Küstrin ist sehr kalt. Die Bürgersteige sind mit einer dicken Eisschicht bedeckt. An allen Fenstern machen sich Eisblumen breit. Man kann sich gar nicht warm genug anziehen, manchmal vereisen sogar die Augenbrauen und wenn man sich draußen nicht sehr schnell bewegt, friert man. Oft kann man die Finger trotz Strickhandschuhen kaum bewegen. Es ist Landklima, die Kälte kommt aus Sibirien. Nicht selten gibt es Nächte, da erreichen die Temperaturen mehr als minus 30 Grad.

Schneefluren

„Schneefluren bergen erdene Wärme:
Sommererinnerungen.
Schneefluren trennen erdene Wärme
von harter Winterklare.
Nahender Frühling entspannt die Fluren,
Schneeglöckchen lugen hervor-
doch da dies geschieht,
ballt sich die Kälte erneut zum Schlag zusammen,
zarte Schneefluren erstarren,
werden zum metallenen Mantel."

Bernd Schumacher

Der Frühling wird hier besonders stark herbeigesehnt. Irgendwann knackt dann das Eis, die Tage werden länger, die Sonnenstrahlen wärmer. Plötzlich sind die Schneeglöckchen da. Die Natur erwacht hier explosionsartig, weil Frühling und Herbst kurz sind. Auch Hannelottes Herz ist voller Frühling. Sie ist wieder „guter Hoffnung". Das neue Leben in ihr gibt ihr Energie, Mut und Optimismus. Sie gehört jetzt zu den Prominenten der Stadt. Die Dresslers sind eine der angesehensten Familien von Küstrin. Viele kennen noch Vater Dressler, der als Arzt hoch geschätzt und als Mensch geliebt wurde. Vor dem Krieg, als er seine Pferde noch hatte, fuhr er mit der Kutsche über Land zu den armen Bauern und zu den reichen Großgrundbesitzern, genauso wie es Fontane in seinem Stechlin beschrieben hat.

Vater Dressler bei Hausbesuchen in der Mark Brandenburg

Allen hat er versucht zu helfen, sei es nun Wassersucht, ein Beinbruch
oder eine Geburt. Vater Dressler verlangt von den Armen kein Geld. Die
Bauern bezahlen in Naturalien. Sie geben ein paar Eier oder ein Huhn.
Wenn die Großmutter, seine Mathilde, nicht heimlich Rechnungen geschickt hätte, wäre es mit den Finanzen bei den Dresslers schlecht bestellt
gewesen. Ferdis Großvater, der junge Dr. Adolf Dressler, ist bei einer
Typhusepidemie ums Leben gekommen. Sein Denkmal hat Hannelotte,
als junges Mädchen in Peterswaldau bewundert. Jetzt ist sie die junge
„Frau Dr. Dressler", denn es ist üblich, dass auch die Frau den Titel ihres
Mannes trägt. Sie genießt ihre neue Identität. Sie tut alles, was ihr Spaß
macht. Sie bewirtet Gäste, sie kocht selbst – alte Dresdner Rezepte – wie
Reis „Trautmannsdorf" eine süße Köstlichkeit aus Reis, Früchten und
Sahne oder sie probiert östliche Gerichte aus wie junger Fasan auf Kar-
toffelbrei mit Kraut. Sie schreibt endlose Briefe an die Mutter oder an

Toni. Hannelotte ist sehr abergläubisch. Dreimal niesen bringt Glück.
So gibt es eine Menge von Regeln, die sie zur Sicherheit besser einhält.
Wenn man etwas vergessen hat und ins Haus zurückläuft, muss man
sich setzen, sonst gibt es Unglück. So etwas prägt. Noch heute setzen
sich ihre nüchtern realistischen Kinder. Warzen an den Händen kann
Hannelotte besprechen. Bei Vollmond müssen die Kinder auf den Balkon. Mammi murmelt einen geheimnisvollen Spruch und pustet auf die
Warzen. Tatsächlich sind sie nach einigen Tagen bei Valentin und Klara
verschwunden, bei Gisela hilft es nicht. Einem Geburtstagskind darf
man auf keinen Fall einen Tag zu früh gratulieren. Man muss dreimal
ausspucken, wenn eine Katze von rechts nach links über den Weg läuft.

Abends erzählt Hannelotte den Kindern Märchen, die sie sich selber
ausdenkt:

Die kleine Elfe

Es war einmal eine kleine Elfe. Die hatte blonde Locken, blaue Augen und silberne Flügel. Sie konnte schon richtig fliegen. Noch nicht so hoch wie ihre größeren Schwestern, aber doch schon über Kornfelder und sogar über die hohen Sonnenblumen. Eines Tages wollte sie ganz alleine einen kleinen Ausflug machen. Das durfte sie eigentlich noch nicht, aber die Luft war warm, die Sonne schien so schön und da flog sie einfach los. Sie flog über Wiesen und Felder, traf unterwegs Libellen, Vögel und eine dicke Hummel. Eine Zeit lang begleitete sie sogar ein großer Bussard. Da kam sie an einen Badesee, in dem lauter lustige Menschenkinder planschten, hopsten, spritzten, lachten und kreischten vor Vergnügen. Der kleinen Elfe war so warm und sie hatte auch sehr große Lust, sich im Wasser zu erfrischen. Elegant flog sie einen Kreis und landete auf einem großen Stein im See. Sie hopste und spritzte übermütig wie die Menschenkinder, bis sie müde war. Die Kinder kamen neugierig angerannt und staunten, denn eine kleine Elfe hatten sie noch nie gesehen. Da war die Elfe doch etwas ängstlich und schüchtern und wollte schnell wieder losfliegen, zurück nach Hause. O Schreck, ihre Flügel waren ganz nass und sie konnte überhaupt nicht mehr fliegen. Sie saß auf dem großen Stein und weinte herzzerbrechend. Da kam Florian. Er war größer als die Elfe, schon fünf Jahre alt und hatte kräftige braune Beine. „Weine nicht, kleine Elfe, ich helfe Dir." „ Ich habe einen sehr schnellen silbernen Roller, mit dem ich dich nach Hause bringen kann. Du musst mir natürlich den Weg zeigen". Die flotte Fahrt ging über Hügel, vorbei an einem Kiefernwald und vorbei an Korn- und Mohnblumen. „Bald sind wir da",jubelte die Elfe. Doch wenig später rief sie „Florian halt, wir sind falsch, den Bauernhof hier kenne ich nicht. Wir wohnen doch im Elfental bei der Mühle am großen Holunderbusch". Florian stoppte den Roller und sagte „So, jetzt muss ich mich erst einmal stärken. Ich habe schon riesigen Hunger." Er holte ein großes Butterbrot mit Leberwurst aus seiner Tasche und wollte es mit der Elfe teilen. „Ih, bih" rief sie ganz ärgerlich, „ich mag doch keine Leberwurst. Ich esse nur Honig". „Pech gehabt", rief Florian, "dann kriegst du eben gar nichts". Überleg dir endlich, welchen Weg wir nehmen müssen", sagte er streng. Die kleine Elfe hatte die Richtung verloren und rief immer nur „gerade aus, gerade aus". Die Landschaft sah ganz fremd aus. Die Sonne stand schon tief und die Elfe hatte große Angst. Florian fuhr und fuhr und hatte schon ganz müde Beine. Da kam plötzlich ein brauner, seidiger Jagdhund angetrottet. Es war Pipo, der Hund des Försters. Er kannte den Florian. Er bellte und winselte und sprang fröhlich an Florian hoch. „Hilf uns Pipo, bitte, wir finden den Weg nicht mehr". Also fuhren sie hinter Pipo her und schon bald standen sie vor dem Forsthaus, wo der blaue Lieferwagen von Förster Waldhorn parkte. Der gutmütige Mann mit seinem grünen Hütchen und dem zu dicken Bauch staunte nicht schlecht über die kleine Elfe. Alle, nebst Roller und Pipo durften in das Auto steigen. Der Förster kannte Florian und sogar die Mühle im Elfental mit dem Holunderstrauch. So konnte er alle nach Hause bringen. Florian versprach allen Elfen, die Menschen in der Not helfen, dauernde Freundschaft und ewige Treue. Als Florian wieder zu Hause war und den Eltern von seinem Abenteuer mit der kleinen Elfe erzählt hat, wollte ihm keiner glauben. Sie dachten, Florian habe nur geträumt. Aber geträumt hat er dann wirklich die ganze Nacht von der kleinen Elfe.

In den Sommerferien fährt die Familie an die Ostsee nach Swinemünde. Alle sind sportlich und können gut schwimmen. Hannelotte ist schon recht rundlich, aber noch sehr beweglich und immer mit von der Partie. Zu Hause beginnt man mit den Vorbereitungen für das Baby. Aus Dresden kommt ein Paket mit Wäsche. Mutter Dressler strickt Strümpfchen, Handschuhe und kleine Mützen. Hannelotte bestickt die Dekoration für den Stubenwagen. Es ist Ende November, die Geburt steht unmittelbar bevor. Hannelotte fühlt leichte Wehen. Dr. Ziemendorf und die Hebamme werden bestellt. Dr. Ziemendorf ist schnell zur Stelle. Hannelotte hat sich aufs Bett gelegt und zugedeckt, denn es ist recht kalt. Ferdi und der Arzt setzen sich an ihren Bettrand. Die Herren beginnen ein lebhaftes politisches Gespräch, was man von dem Hitler zu halten hat und ob er sich durchsetzt. Ziemendorf glaubt, mit der Untersuchung hat er noch Zeit. Hannelotte ruft ängstlich: „Herr Doktor es kommt, es kommt." Ziemendorf sieht Ferdi an und schüttelt ungläubig den Kopf. Hannelotte schlägt die Bettdecke zurück. Da liegt es schon, das kleine Würmchen. Nase und Mund sind so verschleimt, dass es nur schnorcheln, statt schreien kann. Peinlich für Ziemendorf." Was ist es denn"? ruft Hannelotte. Er setzt sich die Brille auf und schaut, ein Mädchen – Pech für Großmutter Dressler – Freude für die Eltern, denn es soll ja ein Ersatz für Sabinchen sein. Ziemendorf desinfiziert sich die Hände, nabelt ab und kontrolliert die Nachgeburt. Endlich kommt die Hebamme. Die kleine Barbara wird gebadet. Jetzt kann sie laut und kräftig schreien. Hannelotte wird versorgt und Ziemendorf kann sich verabschieden. So unproblematisch war die Ankunft der Tochter und so unproblematisch soll Barbara im späteren Leben bleiben. Zunächst jedoch gibt es Sorge. Nach einigen Monaten wird das Kind krank. Sie leidet an einem schlimmen Kinderekzem, sie zerkratzt die stark juckende Haut, dass Blut und Serum austreten und hässliche Schorfe bilden, die nicht nur den Körper, sondern auch die Kopfhaut bedecken, so dass das Kind kaum noch Haare hat. Man muss der Kleinen Pappmanschetten über die Arme ziehen und die Hände an das Gitterbett binden, um das Kratzen zu vermeiden. Verzweifelt schleudert das Kind in seiner Not das Köpfchen hin und her. Doktor Schemenski schlägt vor, das Kind in eine Höhe von über 1000 m zu bringen. Das Kindersanatorium in Scheideck wird ausgesucht. Die Eltern müssen das Kind für lange Zeit dort lassen. Wochenlang weint Barbara, genannt Püppi: „Mammilei wieder, Mammilei wieder". Nach dem Unglück mit Sabinchen sind Hannelotte und Ferdi besonders besorgt und traurig. Zum Glück bringt die Zeit gute Nachricht. Das Ekzem heilt ab. Püppi erholt sich schnell und lernt im

Sanatorium laufen und sprechen. Als die Eltern das Kind abholen dürfen, erkennen sie Püppi kaum wieder. Die Kleine ist tüchtig gewachsen, sie hat wunderschöne Haut und eine große Schleife in den Haaren. Sie plappert mit bayrischem Dialekt schnell und lebhaft. Nach kurzer Zeit sind sie wieder miteinander vertraut.

In den großen Sommerferien fahren Valentin, Gisela und Klara nach Wehlen in die sächsische Schweiz zu Ömchen. Die Ferien in Wehlen sind für die Kinder erlebnisreich. Es gibt ein Schwimmbad in der Elbe. Sie machen Dampferfahrten nach Dresden, sie wandern und klettern in der sächsischen Schweiz. Besonders schön sind Freilichtaufführungen, wo man Indianer auf Pferden, Winnetou und Old Shatterhand hautnah erleben kann. Leider verlangt Ömchen zur Übung abends einen Aufsatz von den Erlebnissen des Tages. Püppi darf mit Mammi und Papi nach Kärnten reisen an den Faker See. Ein anderes Mal in den bayrischen Wald, nach Lindau an den Bodensee und einmal auch nach Venedig, Dort trifft Barbara auf dem Markusplatz einen jungen Pater aus Südtirol, mit dem sie und auch Hannelotte Freundschaft schließen und der ein Leben lang für Püppi beten will.

Püppi hat zu Hause das Privileg, mit den Eltern an einem achteckigen Marmortisch mit Eichenholzrand Torte zu essen. Die großen Geschwister bekommen Kuchen ins Kinderzimmer. Mammi und Papi haben blauweiße Meissner Tassen und Püppi für ihren Kakao eine dazu passende Sammeltasse. Valentin liebt sein Schwesterchen, er malt ihr die Fingernägel rot und kauft von seinem Taschengeld silberne Freundschaftsringe mit einem blauen Vergissmeinnicht für Püppi und ihre Freundin Gila. Gisela fühlt sich gekränkt durch Püppis Privilegien. Sie kann die Schwester nicht leiden, weil sie alles verpetzt, besonders ihre ersten verliebten Rendez vous mit Küssen im Hausflur. Klara ist gutmütig, aber lästig ist das Schwesterchen doch, weil sie alles weitererzählt. Oft muss sie auf das Kind aufpassen. Valentin, Gisela und Klara sind in der

Ferdi, Hannelotte und Püppi

Schule überhaupt nicht fleißig und daher schlecht. Gisela ist sogar sitzen geblieben. Hannelotte kümmert sich nicht um schulische Dinge und versteckt vor Ferdi blaue Briefe. Ferdi will sich ganz bewusst nicht mehr einmischen. Im Sport sind die drei allerdings sehr gut. Klara zeichnet sich aus im Rhönradfahren und Reiten. Valentin ist besonders gut im Schwimmen und Geräteturnen. Gisela gewinnt Preise in der Leichtathletik. Die Mädchen sind häuslich interessiert und helfen der Mutter viel und geschickt in der Küche.

Hitler hat die Macht übernommen. Schon bald zeigt sich der Rassismus und die Judenfeindlichkeit der Nazis. Viele Nichtarier wandern aus. Ein jüdischer Geschäftsmann glaubt, dass Amerika ihm bessere

Zukunftschancen bietet. Er verkauft sein Haus an Ferdi. Es ist eine herrschaftliche Villa mit Erker, großer Terrasse und Garten. Die Familie zieht um. Es gibt viel Platz. Jedes Kind hat sein eigenes Zimmer. Die großen Wohnräume gehen alle ineinander über. Esszimmer mit Treppe zur Terrasse, Salon mit Erker, Biedermeier-Zimmer und Damen-Zimmer. Das Biedermeier-Zimmer gehört zu Hannelottes Aussteuer. Alle Möbel sind aus Kirschholz und von ihrem Großvater hergestellt, der eine bekannte Möbeltischlerei in Dresden betrieb, für Hannelotte ein Stück Erinnerung an ihre Kinderzeit, an ihre Wurzeln. Das Haus bietet Eleganz, Stil und Behaglichkeit und unterstützt Ferdis Stellung in der Gesellschaft. Es ist ein Zuhause richtig zum Wohlfühlen und bietet auch gute Möglichkeit für gesellschaftliches Leben.

Der nicht sehr große Garten hat eine schöne Terrasse, die man über eine halbrunde Treppe vom Esszimmer aus erreichen kann. Auf der Wiese steht ein großer Kirchbaum mit Schattenmorellen. Ein Weg aus weißem Kies führt zu einer hohen Akazie, auf der Ferdi für Püppi einen Hochsitz bauen lässt. Dort sitzt sie stundenlang und liest die Geschichten von Heidi oder Goldköpfchen. Auch Hannelotte ist eine Leseratte. Dante, Storm, Rilke und historische Romane liest sie am liebsten. Dabei gilt ihr Hauptinteresse Napoleon.

Ferdis bester Freund ist Georg Heimann-Trosin. Beide haben zusammen in Breslau studiert. Er ist Halbjude. Diese Freundschaft wird für Ferdi gefährlich. Es werden Stimmen laut, dass er mit Juden sympathisiert. Auch sein Haus ist von einem Juden gekauft. Man behauptet, er habe eine jüdische Nase und es gäbe sicher auch Juden in seiner Familie. Ferdi fühlt sich bedroht, er muss über vier Generationen nachweisen, dass seine Ahnen Arier waren. Um sich zu schützen, tritt Ferdi in die national-sozialistische Partei ein. Er lehnt das Regime ab, aber Angst und Denunziationen führen zu diesem Entschluss. Als Parteimitglied wagt man nicht, ihn weiter zu belästigen. Auf den Parteitagstreffen lernt er einen jungen SA- Mann kennen namens Siegfried Burkhardt. Der hat ein tolles Motorrad und einen anständigen Charakter. Er wird Ferdis Beschützer und hält Verdächtigungen und Angriffe von ihm ab.

Hannelotte erfährt, dass Günther wieder geheiratet hat und aus der zweiten Ehe zwei Kinder hervorgegangen sind. Inzwischen hat sie Günther endgültig überwunden, es tut ihr nicht mehr weh.

Hitler verstärkt das Militär. Küstrin ist Garnisonsstadt. Das bedeutet jetzt einen lebhaften Aufschwung für die Stadt. Es gibt Paradenmärsche mit Militärkapellen, Reitturniere, an denen auch Klara teilnehmen darf und viele fröhliche Tanzfeste im Militärkasino. Ferdi ist Major der Reserve. Bei Wertheim in Berlin kauft Ferdi Hannelotte ein totschickes langes Kleid, das Zebrakleid. Es ist aus schwarz weiß gestreiftem Taft und hat einen sehr breiten, leuchtend roten, gesteppten Taftgürtel. Sie sieht noch immer jung und attraktiv aus. Sie tanzt wie eine Feder, sie fliegt von Arm zu Arm. Sie ist der Mittelpunkt. Das Offizierschor liegt ihr zu Füßen: „Ganz reizend, Gnädigste, echter Gewinn für Küstrin!" säuselt General Lüdecke. Oberst Falkenberg, groß und breitschultrig mit stahlblauen Augen und vollen Lippen, könnte einer Frau gefährlich werden. Beim Tango zieht er sie unnötig eng an sich heran, seine Hand gleitet an ihr herab, „frecher Kerl", sie schubst ihn fort. Er hat verstanden.

Hannelotte wünscht sich von Ferdi ein zweites Kind, aber Monat um Monat vergehen, sie wird nicht schwanger. Schließlich rät man ihr zu einer Eileiterdurchblasung. Der Krankenhaustermin wird festgelegt. Da fühlt sie sich plötzlich so eigenartig verändert, die Brüste spannen. In weiser Voraussicht sagt sie den Termin ab. Wirklich, bald kann man ihr bestätigen, sie ist wieder schwanger. Sie genießt diese Schwangerschaft ganz besonders, sie ist schon im vierzigsten Lebensjahr.

Die Ankunft der kleinen Claudia macht Hannelotte absolut glücklich. Es ist nun schon ihre sechste Geburt, aber wieder ist es das unbeschreibliche, tiefe, wahrscheinlich größte Erlebnis im Leben einer Frau. Hannelotte ist bereits 41 Jahre alt. Sie empfindet das Kind als Geschenk der Natur, als Wunder. Sie ist noch im Zenit ihrer Weiblichkeit. Sie fühlt sich ganz jung, voller Lebenslust und Tatendrang. Sie versteht es, den Augenblick zu genießen. Sie widmet dem Kind viel Zeit, ihre Zuwendung ist besonders groß. Das Leben ist plötzlich schöner geworden. Claudia ist ein neuer Mittelpunkt.

Viele fürchten, dass Deutschland auf einen Krieg zusteuert. Politische Diskussionen sind gefährlich, auch Freunden kann man nicht trauen. Über der schönen, noch sorglosen Zeit steht eine Bedrohung, als wenn man den Beginn einer Krankheit fühlt. Im Hause Dressler ist die Welt noch heil. „In Dankbarkeit und Freude geben wir die Geburt unserer Tochter Claudia bekannt." Stolz und wichtig verteilt Valentin die Geburtsanzeigen. Seine Noten in der Schule sind schlecht, er soll zu Ömchen nach Dresden und sich dort, mit Hilfe von Herrn Hilme, einem pensionierten Lehrer und Freund des Hauses, auf das Abitur vorbereiten. In der Familie Dressler ist im Augenblick Claudia das wichtigste Familienmitglied. Hannelotte fühlt sich verjüngt. Mit dem Baby ist ein Herzenswunsch in Erfüllung gegangen. Gisela und Klara sind junge Damen geworden. Es werden Tanzfeste arrangiert. Offiziere und Freundinnen der Mädchen werden eingeladen. Lieschen, die jüngere Schwester von Mägdi, betreut jetzt den Haushalt. Sie muss die Gäste hereinbitten und für die Garderobe sorgen. Ein junger Leutnant kennt Lieschens Freund Max. Er ist Feldwebel, mit einer 500er BMW. „Na Lieschen", fragt er „alles klar mit der Liebe?" Lieschen wird rot, rollt mit den Augen und antwortet: „Eenmal mit Fritze in de Kurve jelegt und de Fiehlung is da!" Schüchternen Gästen will Lieschen Mut machen: „Herr Oberleutnant, tief durchatmen und rinn." Im Esszimmer ist ein Büfett aufgebaut, dass Hannelotte mit den Töchtern selbst zubereitet hat: Hummer und Heringshappen, Schweinefilet und Kartoffelsalat, Schokoladencreme mit Schlagsahne, rote Grütze und vieles mehr. Man trinkt Moselwein, Saft und Wasser. Die beliebtesten Schallplatten der Zeit wie „Hörst du mein heimliches Rufen" oder „Kann denn Liebe Sünde sein"? tönen aus dem Grammophon. Im Salon, der reichlich Platz bietet, wird getanzt. Püppi kann die Texte von allen Schlagern auswendig. Sie tanzt und singt für sich alleine, keiner kümmert sich um sie, keiner beachtet sie. Sie bewundert ihre Schwestern und träumt von einer Zeit, in der auch sie erwachsen ist, einen Busen hat, keine Storchenbeine mehr und ein schönes Mädchen ist. Alles ist fröhlich, festlich und hell. Die Prismenkronleuchter funkeln, die jungen Männer in den kleidsamen Uniformen haben zum Teil recht kindliche Gesichter und noch wenig Bart. Die Mädchen, teils schon keck, teils noch linkisch und schüchtern, wirken in ihren zarten Organza, Tüll- oder Seidenkleidchen wie gerade sich öffnende Blumen. Ferdi und Hannelotte genießen diese Abende. Sie halten sich ganz fest an den Händen in der sich immer deutlicher abzeichnenden Gewissheit des bevorstehenden Krieges, der Schrecken und Trennung und Zerstörung bringen wird.

Das Jahr 1939 ist gekommen. Im September wird der Krieg erklärt. Gisela hat sich in einen Hauptmann verliebt, Peter von Grado. Er kommt aus einer guten Familie. Der Vater ist Direktor einer Grossbank. Peter ist liebenswürdig und lustig. Er hält bei den Eltern um die Hand der Tochter an. Man kennt sich noch viel zu wenig, aber er hat alle Voraussetzungen für einen guten Schwiegersohn. Die Zeit eilt, weil Peter sich melden muss. Sie heiraten ohne großen Aufwand. Sie lieben sich. Peter fährt mit Gisela zu seinen Eltern ins Rheinland. Sie sind nur kurze Zeit zusammen, es sind wenige Monate, dann kommt schon der Abschied. Auch Klara hat einen Mann gefunden, der sie besitzen und heiraten will. Es ist Panzermajor Herzog. Er imponiert ihr, aber sie weiß noch gar nicht, was eigentlich Liebe ist. Sie ist zögerlich, aber er drängt, er will das Leben auskosten. Wer weiß denn, ob er nicht bald sterben muss. Sie geht noch völlig unschuldig in die Ehe. In der Hochzeitsnacht ist sie erschrocken, er will sie überwältigen, sie will sich zurückziehen, aber er stößt in sie hinein, mehrmals in dieser Nacht. Es ist wie eine Vergewaltigung. Es ekelt sie, ihr ist übel, sie wendet sich von ihm ab. So war diese übereilte Ehe von vornherein zum Scheitern verurteilt. Valentin hat in Dresden das Abitur bestanden. Im Schnellkurs in der Offiziersschule wird er zum Leutnant befördert.

Valentin als junger Leutnant

Jetzt ist es soweit. Alle gesunden Männer werden zum Kriegsdienst eingezogen. Zuerst geht es nach Polen und Frankreich, später nach Russland. Der Abschied ist schrecklich. Die Männer werden zum Bahnhof gebracht. Umarmungen, Tränen, Angst, dann Winken und Winken, bis man den Mann, den man liebt, nicht mehr sieht und bald auch nicht mehr das Rücklicht des Zuges, der ihn fortbringt. Alleine bleiben die Frauen zurück mit ihrer Furcht und Hilflosigkeit. Auch in der Heimat lebt man mit dem Krieg. Fliegeralarm, Nächte im Luftschutzkeller, keine Lampen in den Straßen, wenn es dunkel wird, zu wenig Koks zum heizen, Lebensmittelkarten, das Essen wird immer knapper und schlechter. Wenn es frisches Gemüse gibt, muss man sich anstellen. Es bilden sich lange Schlangen. Es gibt Frauen, die sich nach vorne drängeln und die Schüchternen nach hinten schubsen. Hannelotte verliert Plätze und lässt sich wegdrängen. Bis sie an der Reihe ist, gibt es keinen Lauch, keine Erbsen und Möhren mehr, für sie bleiben nur Kohlrüben und Kartoffeln. Also gibt es zum Mittagessen so schreckliche Sachen wie Rüben, Brotsuppe oder Graupen. Die kleine Claudia bekommt allerdings Köstlichkeiten wie Eierkuchen, auf die die anderen natürlich auch großen Appetit haben. Morgens wird der Kleinen süße Milch gebracht. Obwohl sie schon mit dem Löffel isst, schwenkt Mammi ein Milchfläschchen mit der Hand hin und her und singt im Tanzschritt:" süß und milde und gar nicht heiß". Claudia wird auch Spätzchen genannt, weil zu ihrer Geburt ein Spatzenpaar im Garten ein Nest gebaut hat. Der einzige Lichtblick für die Ernährung ist ein Bauer, der ab und zu etwas Fleisch, ein Huhn, ein paar Eier, Gemüse, Salat und Obst bringt. Dieser Mann, ein etwas düster und unheimlich aussehender Typ, will sich dankbar erweisen. Er war wegen Mordes an seiner Frau angeklagt. In diesem Strafprozess, der Aufsehen erregt hatte, war Ferdi sein Verteidiger. Mit großer Mühe und viel Geschick gelang es ihm, dass der Bauer wegen Mangel an Beweisen freigesprochen wurde. Zu Weihnachten schenkte er sogar zwei lebende Gänse. Sie bekamen einen Stall und die Namen Reinhard und Christine, wie das Liebespaar aus Immensee, im Film dargestellt von Karl Raddatz und Christina Söderbaum. An Schlachten ist natürlich überhaupt nicht zu denken. Jahrelang sind die Gänse Familienmitglieder.

Immer sind alle in Sorge um die Männer im Krieg. Die Frauen warten auf Feldpost. Aber wenn die Briefe ankommen, weiß man ja nicht, ob es dem Mann noch gut geht. Heimlich hören sie den englischen Rundfunk, um orientiert zu sein. Er hat ein dumpfes Pausenzeichen wie von einer Trommel – bumm, bumm - bumm, bumm. Den englischen Sender zu hören ist streng verboten, darum muss man den Volksempfänger ganz leise stellen. In den ersten zwei Kriegsjahren sind die Winter besonders kalt. Man hat nicht genug warme Kleidung und keine gut passenden Schuhe. Püppi geht oft mit ihrem Schlitten in die Kiesgrube. Meist kommt sie heulend nach Hause, weil Füße und Hände vor Kälte so weh tun. Die Eltern ihrer Freundin Gila haben ein Kino am Ort. Beide schleichen sich in eine Loge und schauen Filme an. Zarah Leander ist Püppis Lieblingsschauspielerin. Sie versucht, alle Lieder zu imitieren. Sie bekommt ein Akkordeon als Ersatz für heiß ersehnte Klavierstunden, die fast alle Freundinnen haben. Im Hause Dressler gibt es kein Klavier. Hannelotte ist unmusikalisch und ist als Kind mit Unterricht auf dem Blütnerflügel der Eltern ohne jeden Erfolg gequält worden. Sie hat sich geschworen, ihre Kinder sollen davon verschont bleiben. Niemals will sie ein Klavier kaufen. Mittwochnachmittag muss Püppi immer zur Großmutter. Die lädt viele alte Damen zum Kaffee ein, dem Kranz. Großmutter hat Püppi gern zur Unterhaltung da, sie tritt dann vor den Damen als Zarah Leander auf und singt mit tiefer Stimme „Der Wind hat mir ein Lied erzählt" oder „Ich steh im Regen und warte auf Dich". Manchmal präsentiert sie auch eigene kleine Kompositionen auf ihrem Akkordeon. Mammi ist dünn und friert immer. Abends lehnt sie sich an den Heizkörper im Esszimmer und schiebt ihre Arme zwischen die Rippen. Sie ist sehr blass. Manchmal geht sie mit Gisela und Klara ins Kino. Püppi ist dann mit Spätzchen allein im Haus und fürchtet sich so sehr, dass sie ganz steif im Bett liegt und sich nicht bewegt, bis Mammi wieder da ist.

Die Sommer in Küstrin sind oft sehr heiß. Es gibt ein schönes Schwimmbad in der Oder. Hannelotte bewegt sich gern. So geht die ganze Familie, die ja nur noch aus Mädchen und Frauen besteht, fast täglich zum Baden. Man kann vom Ufer aus zu einer kleinen Insel mitten im Fluss schwimmen. Dort liegt Hannelotte im Sand oder auf der Wiese. Ihre Haut ist heiß und braun, und sie blinzelt durch die Zweige einer Weide in den blassblauen Himmel. Lieschen hütet Claudia. Gisela und Klara, die beide das Rettungsschwimmerabzeichen haben, tauchen und springen vom Turm. Püppi hat Schwimmunterricht und zappelt an der Angel. Hannelotte kann eine Zeit lang ihre Seele baumeln lassen. Sie ist selten so alleine, sie will den Augenblick genießen und wenig denken. Am Himmel sieht man kein einziges Wölkchen. Es ist so ruhig und still. Nur von fern klingt Jauchzen und Planschen von der Badeanstalt herüber. Zitronenfalter und Libellen schweben und gaukeln in der Luft. Ein paar Tauben sind wie Hannelotte auf der Insel gelandet. Doch wenn sie die Augen schließt, hat sie das Gefühl, ein Gewitter zieht herauf. Dunkel und drohend, schwarz und unheimlich, mit Blitz und Donner, so wie der Krieg, der ihre Männer, ihr Zuhause und sogar ihr Leben bedroht. Die Tauben, es sind keine Friedenstauben.

Das schönste in diesen Kriegstagen, vielleicht das einzig Schöne, sind die Heimaturlaube der Soldaten. Für diese Urlaube hat Hannelotte Lebensmittel gespeichert, Eier, eingemachte Kirschen, Kekse, lauter Köstlichkeiten. Es ist ein Jubel, Umarmung, Zärtlichkeit, wenn Pappi nach Hause kommt. Als Major hat Pappi einen Burschen dabei, der ihm das Gepäck trägt, die Stiefel putzt und auf dem Schifferklavier Ferdis Lieblingslieder vorspielt. Seit dem Frankreich-Feldzug ist es „Parlez moi d'amour", statt Hannelottes Lieblingslied: „Dein ist mein ganzes Herz". Ferdi geht es an der Front besser als Valentin. Er ist beim Stab und somit nicht in vorderster Linie bei deutlich besseren Bedingungen. Valentin ist immer ganz vorn und hoch im Risiko. Pappi hat sogar Mitbringsel aus dem Krieg. Für Mammi einen blauen Angorapulli aus Paris, für die

Töchter Wehrmachtsschokolade, die in runden Blechdosen verpackt ist. Jede Stunde in solchem Urlaub will man auskosten. Man liebt zu viel, man isst zu viel, man schläft zu wenig. Alles ist hektisch. Erlebnisse werden ausgetauscht und viele Fragen können nicht beantwortet werden. Zu Hause verdrängen die Soldaten ihre schrecklichen Kriegserlebnisse, ihre persönliche Todesangst, das Leiden und Sterben von Kameraden, aber auch von den feindlichen, oft noch so jungen Soldaten. Sie können und wollen nichts davon erzählen. Ein paar Tage nichts denken, für kurze Zeit glücklich sein mit der Familie. Zu schnell gehen die Tage vorbei. Man muss zurück zum Bahnhof. Wieder dieser Abschiedsschmerz, wieder die Tränen, wieder das lange Winken – man weiß nicht, ob man sich wieder sieht. Jeder fühlt sich jetzt noch einsamer als vorher.

Während des Krieges heiratet auch Valentin. Es ist die erst 18 jährige Ilse Wangerin aus Küstrin, eine Frau, die er nur wenig kennt. Ein Sohn wird geboren, Werner, der dem Vater immer fremd bleiben wird. Für Püppi gibt es eine riesige Überraschung. Sie bekommt zum Geburtstag einen Hund. Er heißt Ulki. Püppi liebt Hunde über alles. Sie hatte schon als kleines Kind im Puppenwagen ein geliehenes Hundekind spazierengefahren, statt einer Puppe. Der kleine Hund wurde von ihr trocken gelegt und gefüttert. In Ulki erfüllt sich ihr größter Herzenswunsch. Ulki ist ein nicht ganz reinrassiger Foxterrier, weiß, mit braunen Flecken und hochstehenden spitzen Ohren, was ihn von Rassehunden unterscheidet. Er ist witzig, lebhaft und sehr intelligent. Er passt sich dem Tagesablauf der Familie vollkommen an und ist Püppis treuer, ständiger Begleiter auf Schritt und Tritt. Nur wenn sie in der Schule ist, begnügt er sich mit Mammi.

Dann kommt die schreckliche Bombennacht von Dresden. Ein Inferno, das die ganze Stadt in Brand steckt und zerstört. Ömchen hat diese Nacht wie durch ein Wunder überlebt. Sie stürzt aus dem brennenden Haus am Georgplatz. Sie hat den Vogelbauer mit ihrem

Rotkehlchen am Arm. Die schwer kurzsichtige Frau läuft durch den Feuersturm. Steine und Gebälk fallen nieder und werfen sie um. Einige Zeit muss sie völlig benommen gewesen sein, sie verliert den Vogel und ihre Brille. Wieder steht sie auf den Beinen. Sie läuft und läuft, sie will nach Loschwitz zu ihrem Elternhaus, in dem jetzt ihr Bruder Georg mit seiner Familie lebt. Aber es ist in dieser Nacht kaum möglich, die Orientierung zu behalten. Sie hört Schreie, Explosionen, sie läuft durch Qualm und Feuer, sie stolpert über tote Menschen und Tiere. Sie weiß selbst nicht wie sie gegen Morgen Loschwitz erreicht hat. Im Vorgarten des Bruders bricht sie ohnmächtig zusammen. Ihr Körper ist voller Schürfwunden, Prellungen und Blutergüsse. Sie hat sich erholt, sie hat das Inferno überlebt.

Im Hause Dressler gibt es jetzt zwangsweise Einquartierung. Es ist Oberleutnant Rolf Hafner, der aus unerklärlichen Gründen nicht an die Front muss und als Ausbilder der Rekruten tätig ist. Zunächst erscheint er nicht übel. Er bietet den Frauen in dem großen Haus Schutz. Als Ausbilder hat er eine sehr gute Filmkamera mit Leinwand und auch Spielfilme zur Verfügung. Der Salon wird in ein Kino umgewandelt und man hat mit den Filmabenden viel Spaß. Püppi muss schon schlafen gehen. Sie hört aber Schüsse oder Schreie durch die Decke und fürchtet sich schrecklich. Der Oberleutnant sieht gut aus, so dass sich Klara leider unsterblich in ihn verliebt. Nachts schleicht sie sich in sein Zimmer. Er nimmt die Gelegenheit wahr, und auf einmal scheint sie Spaß am Sex zu haben, ja sogar ganz wild darauf zu sein. Lange hat die Familie nichts bemerkt, bis eines Nachts Mammi auf dem Weg ins Badezimmer die Tochter ertappt. Schon ist es zu spät. Klara ist schwanger. Es stellt sich heraus, dass Hafner verheiratet ist, zwei Kinder hat und nicht daran denkt, seine Frau zu verlassen. Klara bedeutet ihm nicht mehr als ein kleines Abenteuer. Außerdem habe sie sich ihm regelrecht an den Hals geschmissen. Für Mammi ist diese Situation ein riesiger Schock, eine Schande für die ganze Familie. In einem langen Brief erläutert sie Heinz

Herzog ehrlich den Stand der Dinge. Sie entschuldigt sich bei ihm für ihre Tochter und bittet ihn, ihr und dem Kind seinen Namen zu lassen. Heinz lässt sich scheiden, Klara muss auf jede Zahlung von ihm für sich und das Kind verzichten, dafür wird die Vaterschaft nicht angefochten und Klara und das Kind dürfen den Namen Herzog tragen. Um diese peinlichen Ereignisse vor der Küstriner Gesellschaft geheim zu halten, und dem Gerede zu entgehen, muss Klara nach Dresden, um dort bei Ömchen, das Kind zur Welt zu bringen. Klara fühlt sich sehr allein gelassen. Sie bekommt von Keinem seelische Unterstützung. Ömchen hat allenfalls Mitleid, aber Verständnis hat keiner mit der jungen, betrogenen Frau. Sie bringt etwas zu früh einen nur zwei Kilogramm schweren Sohn zur Welt. „Mathias". Es ist ein gesunder Bub, der sich schnell gut entwickelt. Klara darf mit dem kleinen Mathias nach Hause zurück. Die Schrecken des Krieges, die Angst um die Heimat haben private Schicksale in der Stadt uninteressant gemacht.

Da der Russland Feldzug für die Deutschen schon verloren ist und der Feind immer weiter in Richtung Westen vormarschiert, gibt es unzählige Flüchtlinge aus Ostpreußen, die auf Wagen ihre Heimat verlassen haben und in Trecks in Richtung Westen fahren. Auch die Eisenbahnzüge sind vollgepfercht mit fliehenden Menschen. Es ist der Winter 44/45. Die Leute haben nur das Allernötigste mitgenommen. Sie leiden unter Erfrierungen, sind ausgehungert und viele krank. Für die Meisten gibt es keine ärztliche Versorgung und keine Medikamente. Viele alte Leute und Kleinkinder müssen sterben. Die Flüchtlinge werden von Tieffliegern angegriffen. Sie springen von den Wagen und werfen sich in den Straßengraben. Dabei werden viele getötet oder verletzt. Sie haben ihre Heimat, ihr Vermögen, ihre Identität verloren. Manche Familien finden ihre Kinder nicht mehr. In den von Menschen überfüllten Notlagern, in der allgemeinen Panik der Flüchtlingstrecks zwischen den vielen Menschenkolonnen und Wagen, werden Familien auseinander gerissen und ein Wiederfinden ist fast unmöglich.

Küstrin ist ein Eisenbahnknotenpunkt. Hier halten unzählige überfüllte Züge, mit auf engstem Raum zusammengepressten Menschen. Das Rote Kreuz teilt warme Suppe und Brot aus. Freiwillige Helfer aus der Zivilbevölkerung, auch organisierte Schulklassen, versuchen den Flüchtlingen zu helfen. Sie bringen Lebensmittel und Kaffee. Sie legen Verbände an, verteilen Desinfektionsmittel, Pflaster und Medikamente. Es ist ein unerbittlicher Kampf um Anschlusszüge in Richtung Berlin. Die Küstriner hoffen noch, dass der Feind aufgehalten und sogar zurückgeschlagen wird. Natürlich hört man im Radio, dass starke deutsche Truppen unterwegs seien, die in Kürze die Russen stoppen und empfindlich schlagen würden. Mobil gemacht wird der Volkssturm, alte Männer und sogar 13 bis 14-jährige Kinder der Hitlerjugend, die ohne Hoffnung auf Erfolg, sinnlos in den Tod geschickt werden. So muss auch noch kurz vor Kriegsende der 13jährige Sohn von Heimann-Trosin sterben. Er war so stolz, dass er mit jüdischem Blut – er war groß und blond – ein Hitlerjunge sein durfte. Die Russen kommen näher und näher. Die meisten Küstriner packen in Eile Sachen zusammen und fahren, wo immer sie einen Platz bekommen können, in Richtung Westen. Hannelotte kümmert sich um gar nichts. Sie betreibt eine Vogel-Strauß-Politik und will der Realität nicht ins Auge schauen. Der befreundete Dr. Schemensky, der Krankenhauschefarzt, einer der wenigen Männer, die noch in Küstrin sind, bietet Hannelotte keine Hilfe an. Er kümmert sich nicht um ihre Familie.. Hannelotte ist organisatorisch ungeschickt und hilflos, vollkommen ratlos. Gisela, die eine resolute, energische Frau geworden ist, arbeitet als Kriegsdienstverpflichtete im Büro einer Kaserne und hat als junge Frau guten Kontakt zu den Soldaten. Die Lage spitzt sich zu. Der Kanonendonner der Russen ist in Küstrin bereits zu hören. Die meisten Brücken über die Oder sind schon gesprengt. Hannelotte fühlt sich so allein gelassen, sie ist der Verantwortung für die Familie nicht gewachsen. Gisela ist es gelungen, Plätze auf einem der letzten Lastwagen für ihre Familie zu bekommen. Großmutter Dressler will nicht mitfahren. Sie fühlt sich für den Aufbruch zu alt und beschließt, in Küstrin auszuharren. Alle nehmen von

Großmutter Abschied. Es ist ein Abschied für immer. Jeder kann nur das Notwendigste in einen kleinen Rucksack stecken. Alle wählen noch ein kleines Andenken oder einen Talisman für sich aus. Hannelotte reißt die Leinwand aus einigen Bilderrahmen und steckt die Rollen in ihren Rucksack. Gisela nimmt eine Ikone, die Peter ihr beim letzten Heimaturlaub aus Russland mitgebracht hat. Klara muss ihren Rucksack mit Babykost und Fläschchen füllen. Püppi wählt ein Kästchen mit einer kleinen Steinsammlung. Das schöne Haus, die wertvolle Einrichtung, alles muss man einfach so stehen lassen. Der Schmerz wird gemildert durch die Angst ums Überleben. Man zieht so viele Unterhosen, Hemden, Pullover und Jacken übereinander wie es geht. Ein Schutz gegen die bittere Kälte und gleichzeitig eine Kleiderreserve. Natürlich hängen sich die Frauen auch allen Schmuck um, der jetzt ihr einziges Kapital ist. Klara hat den kleinen Mathias dicht an sich gepresst auf dem Arm und Püppi ihren Hund Ulki, den sie fest in eine Wolldecke gewickelt hat. Hannelotte trägt Claudia auf dem Arm, die schon recht schwer ist. Gisela übernimmt das Kommando. Es ist schon Nacht. Alle klettern auf den Lastwagen und fahren über die letzte Oderbrücke, die kurze Zeit später gesprengt wird. In Hannelotte ist ein Gefühl der Leere. Wie bei einer Erfrierung zieht sich alles in ihr zusammen; ein Schutz, eine unbewusste Abwehr gegen die Angst in der eisigen Nacht auf den harten Planken und gegen den Schmerz. Die Fahrt geht Richtung Berlin. Ein Schauspieler, Viktor de Kowa, hat seine Wohnung für Flüchtlinge zur Verfügung gestellt. Dort wird auch die Familie Dressler untergebracht. Die Wohnung ist schon überfüllt mit Menschen. Man muss sich auf den blanken Fußboden legen und versuchen zu schlafen. Man ist froh, wenn es glückt, ein paar Stunden wegzudösen. Als die Familie am Morgen erwacht, ist sie bestohlen worden. Alles Bargeld, außer der Reserve in Hannelottes Brustbeutel und auch einige nützliche Dinge, sind aus den Rucksäcken verschwunden. Hannelotte geht mit den Kindern zurück zum Bahnhof, um einen Zug zu erreichen, der Richtung Westen fährt. Die Züge sind hoffnungslos überfüllt. Der Ansturm der Menschen auf die Wagen ist unvorstellbar. Die

Möglichkeit hinein zu kommen wird regelrecht erkämpft. Es ist verboten, Hunde mitzunehmen. Püppi hat Ulki wie ein Paket unter dem Arm in die Decke gewickelt. Irgendwie haben sie es geschafft. Ulki hat gespürt, dass er sich verstecken muss. Stundenlang liegt er still und regungslos tief unter der Bank, auf der die Familie mehr übereinander als nebeneinander sitzt. Sie fahren so weit es geht. Kaltenordheim, ein kleiner Ort in der Rhön, ist Endstation. In einem kleinen Siedlungshaus, am Rande der Stadt, werden ihnen zwei Zimmer zugewiesen. In einem Raum gibt es ein Doppel- und ein Kinderbett, in der Wohnküche eine Kochstelle, ein Sofa, einen Tisch mit sechs Stühlen; dann ist da noch eine Toilette mit einem Waschbecken. Hannelotte schläft mit Gisela in dem Doppelbett, Püppi auf der Ritze, Claudia im Kinderbett, Klara auf dem Sofa und Mathias in einem Waschkorb. Hannelotte ist dankbar, dass sie ein Bett hat und ein Waschbecken benutzen kann. Das Wichtigste, sie sind zusammen, alle haben bisher die Flucht gesund überstanden. Sie frieren nicht, draußen sind die Temperaturen etwas gestiegen. Mit einem Kanonenofen kann man heizen und auf dem Herd eine warme Suppe kochen. Hannelotte gelingt es, sogar, durch einen Strauss aus Tannenzweigen und ein paar Bratäpfel, Gemütlichkeit in die Wohnküche zu zaubern. Ulki hat die Nase erfroren und kann nichts mehr riechen, sonst aber ist er der fröhlichste in der Runde. In Kaltennordheim steht sogar ein Fest bevor. Püppi wird konfirmiert. Hannelotte kauft ihr ein schwarzes Samtkleid mit weißen Knöpfen und ein Kreuz aus Eichenholz zum Aufstellen. Der Gottesdienst ist feierlich. Der Pastor spricht vom Glücklichsein ohne Besitz. Alle beten für eine neue, bessere Zukunft. Barbaras Patin Gretel Stecher aus Chemnitz, schickt einen Brief mit einer dicken Beule. Im Kuvert ist ein kostbarer goldener Ring mit einem bunt schimmernden Opal, der Barbara beschützen soll. Dabei liegen die Worte der Ringparabel von Lessing: „der Stein war ein Opal, der tausend schöne Farben spielte und die geheime Kraft besaß, bei Gott und Menschen angenehm zu machen ‚wer in dieser Zuversicht ihn trug".

Hannelotte gelingt es, Kontakt mit Ferdi zu bekommen. Er liegt mit der Truppe im Westerwald. Die Kapitulation steht bevor. Er schreibt ganz in Eile, ihr seid noch nicht weit genug westlich, ich schicke einen Wagen, der euch zu mir bringt. Schon zwei Tage später steht ein Militärlastwagen vor der Tür, um die Familie abzuholen. Alle sind guter Dinge. Es ist ein sonniger Tag und die Luft riecht nach Frühling. Hannelotte fühlt sich stark, sie fährt zu Ferdi. Plötzlich tauchen feindliche Flieger am Himmel auf. Alles springt sofort in den Straßengraben. Tieffliegerangriff, sie kommen so weit herunter, dass man die Piloten sehen kann. Sie zielen, Splitter fliegen neben den Menschen ins Gebüsch – sie haben nicht getroffen – keiner ist verletzt. Der grausige Spuk ist vorbei. Die Fahrt kann weiter gehen – durch den Sonnenschein, durch den Frühling. Ferdi ich fahre zu dir, zu dir singt es in Hannelotte. Gegen Abend kommen sie im Westerwald an. Dem Herrn Major wird die Ankunft der Familie gemeldet. Hannelotte steht vor ihm, sehr schmal, sehr blass, sehr glücklich, bei ihm zu sein. Wie sehr liebt er sie. Diese Zeit der Lebensbedrohung, des Elends und der Sorgen umeinander, haben sie noch viel enger verbunden als bisher. An diesem Tag steht Ferdi voll Hochachtung vor Gisela, die durch Entschlossenheit und Mut ganz wesentlich zum Gelingen der Flucht beigetragen hat..

Ferdi lässt ein Behelfsheim für seine Familie bauen. Es ist eine kleine Baracke aus Holz mit Stockbetten, die auf einer Wiese aufgestellt wird, am Rande eines kleinen Dorfes, Isert. Es ist für alle eine Atempause, nur wenige Tage des Zusammenseins. Die Soldaten müssen sich auf die Gefangenschaft vorbereiten, die Familie wieder auf das Alleinsein und die Besatzung. Man fällt in die Hände der Amerikaner, was man noch für die beste Möglichkeit hält. Schneller, schmerzvoller Abschied von Ferdi und seinen Soldaten, die noch mal eine junge Frau im Arm halten wollen, so dass Gisela und Klara immer wieder von fremden Männern umarmt und geküsst werden, und es auch geschehen lassen. Die deutschen Soldaten verlassen das Dorf in einer Nacht- und Nebelaktion. Zurück bleibt eine unheimliche Stille, Totenstille. Hannelotte kann nicht schlafen. Fahl und milchig kann sie im ersten Morgenlicht den Weg an der großen Weide erkennen. Endlich das erste Hahnengeschrei. Die Zivilbevölkerung von Isert muss sich in einem großen Lagerkeller versammeln und dort die Ankunft der Amerikaner abwarten. Panzer und Jeeps rollen heran. Die Frauen haben Angst vor den bewaffneten Männern, die jeden kontrollieren, besonders haben sie Angst vor den Schwarzen. Die meisten haben noch nie im Leben so nah vor sich einen Schwarzen gesehen, und diese für sie so fremden Menschen sind ihnen unheimlich. Aber die Neger sind die freundlichsten von allen. Keiner der Amerikaner tut den Frauen und Kindern oder den alten Männern etwas zu Leide.

Für die Dresslers gab es fast nichts zu essen. Ferdi hat ihnen einen Sack Reis dagelassen, den sie pfundweise gegen Milch für Mathias tauschen. Zwischen den Bauern, die reichlich zu essen haben, müssen sie richtig hungern. Hannelotte pflückt Sauerampfer am Wegrand und kocht davon eine Art Gemüse. Besonders Barbara, die sehr stark gewachsen ist, sieht erschreckend mager aus. Sie hat ständig furchtbaren Hunger. Die Bauern sind sehr unfreundlich und abweisend. Eines Tages stellt sich eine dicke Frau breitbeinig vor der Baracke auf und ruft: „He, ihr Pimocken, bei euch sollte man durch die Bude knallen – peng – peng". Pimocken ist ein Schimpfwort für hergelaufene Leute aus Polen. Diese Missachtung ist bezeichnend für den Verlust der Identität der Familie und für Hannelotte besonders kränkend. Bei einem starken nächtlichen Gewitter zeigt sich, dass das Behelfsheim nicht wasserdicht ist. Besonders Barbara, die links oben ihren Schlafplatz hat, wird vollkommen nass, ihr Bett gleicht einer Pfütze. Dieser Schlafplatz ist nicht mehr zu benutzen. Man muss die Bauern um eine Kammer bitten. Der größte Bauer Schuster, stellt auch wirklich eine kleine Kammer in der hintersten Ecke des großen Speichers zur Verfügung. Barbara, die sich nachts so leicht fürchtet, muss dort schlafen. Mäuse rennen nicht nur über den Boden, sondern auch über ihr Bett. Morgens führt der Weg durch die große Küche, wo die

Bauern beim Frühstück sitzen. Sie schmatzen Bratkartoffeln, Schinken und Quark. Es duftet so herrlich für das hungrige Mädchen, aber kein einziges Mal wird ihr etwas zum Essen angeboten und betteln will sie nicht. Zu Hause gibt es dann Maisbrot von den Amerikanern. Inzwischen kommt Nachricht, dass Valentin ohne Verwundung in die Gefangenschaft gegangen ist und auch Peter, der um Stalingrad gekämpft hat. Wahrscheinlich, wenn Peter noch lebt, ist er nach Sibirien verschleppt worden. Auch Heinz Herzog soll den Krieg überlebt haben.

Im letzten Jahr war Ferdi auf einem Gut in der Kölner Bucht einquartiert. Mit dem Gutsbesitzer Karl Werhahn hat er Freundschaft geschlossen. Karl ist ein kluger, sehr differenzierter und sensibler Mann. Sie haben sich gegenseitige Hilfe versprochen, falls ein Notfall eintreten sollte. Durch einen Brief von Hannelotte erfährt Karl vom Schicksal der Dresslers in Isert. Sofort bietet er Hilfe an. Alle sollen zu ihm nach Sinthern ins Rheinland kommen. Es ist wie eine Rettung. Wieder bricht die Familie auf. Karl Werhahn will Barbara und Claudia zu sich nehmen. Für Hannelotte, Gisela, Klara und Mathias und auch Ulki besorgt er eine kleine, möblierte Wohnung. Gisela schläft in einer Speichermansarde. Für Mammi, Klara, Mathias und Ulki gibt es ein Schlafzimmer, dann noch eine Küchenzeile, einen Wohnraum und ein Bad. Die Werhahns haben einen großen Hof mit Bodenklasse 1A und ein herrschaftliches Gutshaus in einem Park vollen Blumen, der in eine Obstwiese übergeht. Die einzige Tochter, Evi, ist in Barbaras Alter. Die drei Mädchen schlafen in einem Doppelbett, wobei Claudia, die auf der Ritze liegt, von Evi liebevoller aufgenommen wird als von Barbara, die das Schwesterchen zur anderen Seite schubst. Evi ist eine gute, kameradschaftliche Freundin, von Anfang an. Der Werhan-Hof ist groß und wunderschön. Der Verwalter, Herr Hahn, ist für die Aufsicht verantwortlich. Es gibt einen einarmigen Gärtner Gustaf, zuständig für das Gemüse, das Obst und die Blumen. Sie haben einen riesigen Kuhstall, einen Schweizer, der verantwortlich ist für die Schweinezucht und rassige Pferde. Die meisten

Pferde sind Halbblüter, die Tante Susanne, der Frau des Hauses gehören. Sie ist eine leidenschaftliche Reiterin und gewinnt viele örtliche Turniere, die vom Frühjahr bis zum Herbst als gesellschaftliche Ereignisse ausgetragen werden. Die Pferde ziehen auch den eleganten Gocart, mit dem die Familie am Wochenende Ausflüge zu benachbarten Gütern unternimmt, um Verwandte oder Freunde zu besuchen. Tante Susannes Hobby sind außerdem Hühner, die sie selbst versorgt. Sie züchtet unzählige Rassen. Angefangen von Zwerghühnern bis zu riesigen braunen und weißen Legehennen. Sie hat sich ein großes modernes Hühnerhaus bauen lassen. An den unzähligen Küken zu Ostern hat sie ihre Freude. Onkel Karl besitzt die modernsten landwirtschaftlichen Maschinen seiner Zeit. Jeden Abend wandert er alleine über die Felder, um den Stand des Korns zu überprüfen und sein Land zu genießen. In der Küche herrscht Therese, die Mamsell. Therese ist eine perfekte Köchin und ein gütiger, gemütvoller Mensch. Sie hat dünnes, aschblondes Haar, das von einem Mittelscheitel aus streng und glatt nach hinten gebürstet ist und in einem kleinen Knoten endet. Auf der fast immer glänzenden Stirn sitzt eine dicke, prominente, braune Warze. Sie hat rote, raue Wangen, einen rundlichen Körper und ihre braunen Augen sind immer fröhlich. Stets trägt sie eine weiße, gestärkte, mit Spitzen geschmückte Schürze. Ihr Alter ist schwer zu schätzen, so um die 50. Sie scheint jenseits von Gut und Böse; sie verliebt sich jedoch heftig in Gustaf, mit dem sie – zur Überraschung aller – zusammenzieht, und den sie tatsächlich heiratet. Für die Knechte kocht sie deftig und einfach, für die Herrschaft aufwendig, wobei Onkel Karl auch durchaus herzhafte Eintöpfe liebt. Therese bäckt am Wochenende köstliche Kuchen, je nach Jahreszeit Bleche mit Zwetschgen, Äpfeln und Streuselkuchen aus Hefeteig, wobei die Schlagsahne nie fehlt. Zu Geburtstagen gibt es auch Buttercremetorten. Die Feldarbeiter bekommen in der Nachmittagspause ungeheure Mengen Brot mit Butter, Rübenkraut und Schichtkäse, dazu Malzkaffee. Barbara hilft Therese so oft es geht beim Backen und Kochen rheinischer Spezialitäten. Abends werden Pullover aus Bindegarn gestrickt, die zuerst leicht glänzend in naturweiß recht schön aussehen, aber beim Tragen immer weiter und weiter werden, bis sie allmählich mehr Ähnlichkeit mit einem Sack als mit einem Pullover haben. Für Barbara ist der Hof ein Schlaraffenland. Es ist erstaunlich wie schnell sie sich entwickelt und an Gewicht zunimmt. Evi und Onkel Karl sind gütig und lieb mit den Kindern. Bei Tante Susanne merkt man schon nach kurzer Zeit, dass ihr die Flüchtlinge lästig werden. Die robuste Barbara steckt die kleinen Bosheiten weg, aber Claudia, die ein sensibles und schüchternes Kind ist, leidet unter Tante Susanne, die ihr verbietet, Zucker aufs Butterbrot zu streuen und über ihre dünnen „Streichholzbeinchen" lacht. Hannelotte die ihr Kind nicht leiden lassen will, bringt Spätzchen beim Briefträger unter, der ein Töchterchen im gleichen Alter hat. Es ist eine liebevolle Familie, und hier fühlt sich Claudia wohl. In Hannelottes kleiner Wohnung ist absolut kein Schlafplatz mehr für das Kind.

Die Familie Werhahn ist streng katholisch. Alle sind sonntags in der Kirche, und Barbara geht manchmal mit. Der Geistliche in seiner goldbestickten Robe, die Messdiener, der schöne Altar und die vielen Kerzen beeindrucken sie sehr. Die Atmosphäre ist feierlich, die Luft duftet nach Weihrauch. Hier kann sie gut beten, sie fühlt sich Gott nah. Sie würde sehr gerne auch katholisch sein. Ein Erlebnis ist die große Fronleichnams-Prozession. Blumenteppiche stellen religiöse Bilder dar. Das Lamm, ganz aus weißen Blüten, oder das Herz Christi, leuchtend rot aus Rosenblättern. Die Prozession trägt das Jesuskind und macht an allen Stationen des Kalvarienberges Halt, um zu beten.

Evi besucht ein katholisches Gymnasium in Bergheim, Barbara die Königin Luise Schule in Köln. Es ist ein langer, beschwerlicher Schulweg. Zu Fuß 40 Minuten bis zu Bahnstation nach Pullheim. Bahnfahrt in überfüllten Zügen nach Köln Ehrenfeld. Mindestens zwei Stunden Aufenthalt im Wartesaal, bis es Zeit wird, 15 Minuten zur Schule zu gehen. Gegen Abend zurück. In den Wintermonaten ist es schon vollkommen dunkel.

In den Ferien müssen Evi und Barbara auf dem Feld helfen. Sie müssen den Arbeitern das Essen bringen. Manchmal dürfen sie hoch auf dem Erntewagen mitfahren. Im Herbst werden Kartoffeln aufgelesen. Der Abschluss ist das große Kartoffelfeuer. Alle halten die Hände in die Wärme, im Rücken wird man kalt. Karl Werhahn spendiert Wurstbrötchen, Schnaps und Bier. Es wird viel gelacht, gesungen und im Dunkeln gemunkelt. Die jungen Leute bleiben lange, bis das Feuer ganz niedergebrannt ist. Barbara liebt besonders den Herbst. Mit 15 empfindet man noch nicht das Vergängliche. Sie freut sich an den bunten Farben und den Früchten im Garten. Besonders die saftigen Birnen, Gellerts Butterbirnen und Klapps Liebling haben es ihr angetan.

Für die vielen hungrigen Menschen, die täglich von Köln aufs Land fahren, um Lebensmittel zu erhalten, stellen Werhahns jeden Tag einen Sack Kartoffeln vor die Tür. Die Leute sind meist bescheiden und nehmen sich nur zwei bis drei Stück. Manche verkaufen auch wertvollen Familienschmuck, weit unter Preis, für etwas Schinken, Butter oder Eier. Gisela darf jede Woche bei Werhahns eine Kiste mit Lebensmitteln abholen. So hat die Familie nicht reichlich, aber genug zum Essen. Klara, die ja für Mathias sorgen muss, macht in Köln eine Lehre als Schneiderin. Gisela betreut den kleinen Mathias und putzt die Wohnung. Hannelotte kocht, kauft ein und kümmert sich um Spätzchen. Sie will etwas Geld verdienen. So malt sie Postkarten mit Motiven für Ostern, Geburtstag und Weihnachten. Schreibwarengeschäfte in Köln nehmen ihr die Karten ab, zu einem zwar kleinen, aber doch erträglichen Preis. Wenn Barbara zu Besuch kommt, beobachtet sie am Fenster Ferdi Mödder, einen strohblonden, braungebrannten jungen Bauern, der mit einem schweren Pferd sein Feld bestellt. Das Maifest steht bevor. Die jungen stecken buntgeschmückte Maibäume nachts auf die Dächer der Mädchen ihrer Wahl. Auch Barbara hat einen Baum. Leider aber nicht von Ferdi, sondern von Jupp Schiefers, der ihr nicht gefällt. Ein Maifest mit Umzug und Tanz wird vorbereitet. Eine Maikönigin, eine Maigräfin und zehn Maifrauen werden gewählt. Barbara wird Maigräfin, hat also die zweit meisten Stimmen. Eine ganz große Ehre für sie als Ostflüchtling. So wird sie dann am Arm von Jupp, doch recht stolz, durch die Straßen und zum Tanz geführt. Ein großes Fest ist der Dreikönigsball im Winter in Köln. Es ist eine Art Heiratsmarkt, wo die Töchter der Großbauern den jungen Freiern vorgestellt werden. Geld soll zu Geld und Hof zu Hof. Evi will Barbara mitnehmen. Hannelotte hat Kontakt mit amerikanischen Freunden aufgenommen. Sie schicken Pakete mit Lebensmitteln, Stoffen und Kleidern. Ein wunderschönes, cremefarbenes langes Kleid aus Tüll und Pailletten ist mitgekommen. Barbara trägt es zum Ball. Zum Beginn des Festes stehen die Mädchen in Reih und Glied zur Schau. Die jungen Männer begrüßen sie, etwas neugierig und schüchtern. Der Kommentar von Tante Susanne: „Hier, dat ist nur dat Bärb, unser Flüchtlingskind." Trotzdem wurde es für Barbara ein unvergessliches Fest. Sie fliegt von Arm zu Arm, tanzt ausgelassen und findet die jungen Bauern lustig, handfest und süß.

Auf dem engen Raum der kleinen Wohnung in Sinthern ist die Stimmung unter den Frauen gereizt. Gisela fühlt sich ausgenutzt. Sie will auch lieber etwas lernen. Sie hat nichts mehr von Peter gehört und es ist eher unwahrscheinlich, dass er noch lebt. Sie ist erst Mitte 20 und lebenshungrig. Sie schwärmt von Onkel Karl, der 20 Jahre älter ist und macht ihm schöne Augen. Karl ist geschmeichelt und beeindruckt von ihrer Jugend. Es ergibt sich eine Liaison. Wenn Hannelotte in Köln ist, um Postkarten zu verkaufen, treffen sie sich bei Gisela in der Mansarde oder sie verabreden sich in den Feldern. Bald bleibt die Liebschaft Hannelotte nicht verborgen. Es ist für sie eine hochpeinliche Situation. Sie ist von Familie Werhan abhängig. Was, wenn Frau Susanne bereits etwas weiß? Sie beschließt, Gisela muss ausziehen, wenn sie die Beziehung nicht sofort beendet. Sie spricht auch mit Karl und beruft sich auf seine Freundschaft zu Ferdi und auch auf die Jugend ihrer Tochter. Tatsächlich erreicht sie ein Ende dieser gefährlichen Affäre. Valentin kommt aus der Kriegsgefangenschaft zurück. Seine Frau Else hat sich in den letzten Kriegsjahren anderweitig getröstet, so dass Valentin nicht zu seiner Familie zurückkehrt, sondern sich als Milchkontrolleur verdingt. So kann er auf dem Land leben und hat satt zu essen. Er war aktiver Offizier, jetzt ohne Beruf, Geld für ein Studium gibt es nicht.

Endlich kommt auch Ferdi zuruck. Er war in Attiche´, einem sehr berüchtigten Gefangenenlager in Frankreich. Die Männer dort waren ausgehungert und viele sind an Seuchen gestorben. Ferdi besteht nur noch aus Haus und Knochen und ist sehr schwach. Er will neu beginnen als Notar. Als er sich leiblich erholt hat, arbeitet er ein Jahr als Assessor in Köln, um ein rheinisches Notariat zu bekommen. Dazu muss er täglich eine Stunde nach Köln radeln und wieder zurück. Es ist für alle eine schwere Zeit. Die Spannungen zwischen Mama und Gisela steigern sich. Papa hält ungeprüft immer zu Mama, so dass Gisela sich ungerecht und schlecht behandelt fühlt und teils aggressiv, teils aber auch mit verzweifeltem Heulen reagiert. Über eine Flüchtlingsmeldestelle bekommt man die Auskunft, dass Großmutter Dressler vom Roten Kreuz doch noch aus Küstrin nach Berlin gebracht wurde, dass sie aber dort schon einige Wochen später an einer Lungenentzündung verstarb. Ömchen wohnt ganz allein in ihrem Sommerhäuschen in Wehlen, wo sie halb verhungert von den Barmherzigen Schwestern gefunden wird. Man bringt sie in ein Altersheim, wo auch sie nach kurzer Zeit an Schwäche stirbt.

Hannelotte erfährt die Adressen von Freunden. Frau Schemensky ist auf der Flucht an einer Angina gestorben. Bei einem Flüchtlingstreffen lernen Hannelotte und Ferdi die Familie von der Osten kennen. Sie leben im Nachbarort Brauweiler. Freiherr Erich von der Osten, ein ostelbischer Junker, besaß eines der großen Güter im Osten. Sein Anwesen wurde auf zehntausend Morgen geschätzt, davon die Hälfte Wald, fünftausend Morgen Ackerland. Wenn er die Augen schließt, sieht er alles so deutlich vor sich: Eine Pappelallee führte zum ockerfarbenen Landschloss mit Schlagläden in weinrot und weiß, umgeben von einem Park mit Rosen, Hortensien, Rhododendron und altem Baumbestand. Nach Süden führten vier zweiflügelige Glastüren, vom Wohnraum zur Terrasse, die etwas über dem Niveau des Gartens lag, den man über im Bogen verlaufende Treppen rechts und links erreichen konnte. Erich von der Osten fühlt sich seit seiner Kindheit tief verwurzelt mit seiner Heimat, die mit der Erde zu seinem Ursprung gehört. Auch die zahlreichen Landarbeiter waren seit Generationen mit der Familie verbunden. Sie verdienten wenig, lebten sehr bescheiden, aber in Notsituationen, bei Krankheit und Tod, war die Familie von der Osten immer helfend zur Stelle. Ein Erbteil war für langjährige Mitarbeiter ausgesetzt, so dass es soziale Sicherheit für die Landarbeiter gab. Als Soldat im ersten Weltkrieg wird Erich verwundet. Die hübsche kleine Krankenschwester Anneliese pflegt ihn so liebevoll, dass er sie heiratet und als Freifrau nach Hause führt. Sie stammt aus Brauweiler bei Köln. Dieser Ort wird deshalb zum Anlaufpunkt der Familie, die auf der Flucht vor den Russen Haus und Hof verlassen muss, gemeinsam mit Tochter Gabriele, deren Mann im Krieg gefallen ist und dem dreijährigen Enkelkind Angelika. Sohn Albrecht, Oberleutnant im Krieg, ein blendend aussehender junger Mann, sitzt nach der Entlassung aus der Kriegsgefangenschaft noch orientierungslos in Brauweiler bei den Eltern. Das Heimweh, der gemeinsame Verlust von Heimat und Identität verbindet. Die Familien Dressler und von der Osten sitzen zusammen in der Waschküche und kochen Rübenkraut. Erinnerungen werden ausgetauscht. Erich träumt von Wäldern und Feldern, von der Rotbuche im Park und vom Tee am Kaminfeuer. Hannelotte träumt vom Biedermeierzimmer und Ferdi von seiner Bibliothek. Außer Erich hoffen alle auf einen Neuanfang. Erich ist 56 und wird zunehmend depressiv. Auch die Liebe, die Fürsorge und Zuversicht von Anneliese kann ihn nicht aufheitern. Er gibt sich völlig auf, sieht für sich keine Zukunft. Einige Jahre später wählt er den Freitod. Albrecht, männlich, aristokratisch und sehr attraktiv, wird ein neues Objekt für Giselas liebeshungriges Herz. Albrecht ist erst 25. Er hat so viel Charme und Charisma, dass das ganze, trübsinnige Dorf Sinthern ein Ort voll Lebensfreude und Liebe wird. Seine hellen Augen haben eine unwiderstehliche, junge Ausstrahlung. Seine Haut ist gebräunt. Die Hände sind schmal. Gisela bringt ihre Sehnsucht nach Zärtlichkeit, ihren Kummer, ihr Alleinsein, in die heftige Leidenschaft zu Albrecht ein. Sie genießen den Augenblick, vergessen ihre Probleme. Albrecht weiß nicht, was aus ihm werden soll. Der Alltag holt die Beiden ein. Die Episode geht vorbei. Nach verunglückten Studienversuchen heiratet Albrecht eine deutlich ältere Gutsbesitzerin. Endlich hat auch Gisela Glück. Peter ist einer der ganz wenigen Männer aus Stalingrad, die überlebt haben. Organisch gesund kehrt er heim. Wie sein Vater, geht er zur Deutschen Bank in Köln. Gisela bekommt eine Tochter und einen Sohn und startet mit viel Energie und Schwung das neue Leben.

Ferdi wird rheinischer Notar und bekommt ein Notariat in Waldbröl, einer kleinen Stadt im Oberbergischen. Damit beginnt auch für Hannelotte ein neuer Aufstieg, eine neue Identität. Es fängt sehr bescheiden an, mit einer gemieteten Dachwohnung, gemütlich ausgestattet mit Möbeln vom Trödler. Hannelotte entwickelt viel Geschick, sie findet sehr preiswerte, aber hübsche alte Möbel, die sie selbst aufpoliert. Bald hat die Wohnung eine individuelle, stilvolle Atmosphäre. Vor das Büro kommt ein großes Schild, Notar Dr. Dressler und Hannelotte ist die „Frau Notar". Barbara und Claudia sollen jetzt das Waldbröler Gymnasium besuchen.

Barbara beschreibt das Erlebnis ihrer großen Liebe.
Ich war 17, süße 17 wie meine Mutter sagte. Alles in mir war Verheißung, voller Erwartung und Ungeduld auf das Leben. Der Blick in den Spiegel schien mir ermutigend: Augen, Busen, Hüften und Beine, es war wirklich nichts auszusetzen, der Mund – leider war er zu groß und die Zähne

nicht ebenmäßig – so, dass ich eigentlich nicht lachen durfte, um schön zu sein. Dabei war ich äußerst lustig, und mir war immer zum Lachen zumute.

Es waren noch Schulferien, aber ich wollte, dass das Leben endlich beginnt. Der Tag war heiß. Da ich niemanden kannte, ging ich alleine ins Schwimmbad. Ich trug einen meergrünen Badeanzug aus glänzendem Stretch, ein Geschenk von amerikanischen Freunden, die uns außer mit Carepaketen auch mit Kleidung versorgten. Alle schauten mir nach. Ich stand am Beckenrand und kam mir plötzlich so verloren und fremd vor inmitten der vielen, lärmenden Menschen. Da tauchte ein junger Mann aus dem Wasser auf. Er war sehr braun und hatte ganz blaue Augen. Er lachte, so dass man seine weißen Zähne sah und musterte mich recht kritisch von unten nach oben. Er sagte: „Donnerwetter, schöne Beine". Schon war er wieder unter Wasser verschwunden. Ich versuchte, ihn zu entdecken, konnte ihn aber unter den vielen jungen Leuten nicht finden, die Wasserball spielten, tauchten und vom Brett sprangen, um Mädchen zu imponieren.

Ich schlenderte heim und dachte an die blauen Augen und die weißen Zähne. Die Sonne glühte noch warm auf meiner Haut. Ich musste stehen bleiben. Ein Schäfer und seine Herde überquerten den Weg. Schafe sehen immer so lieb und weich und fröhlich aus. Sie drängten sich dicht aneinander. Ein schwarzer Spitzmischling mit Ringelschwanz tollte kläffend im Kreis um die Tiere herum. Eine muntere Begegnung, ein schöner Tag, die neue Heimat gefiel mir.

Endlich gab es in Waldbröl eine Attraktion – Kirmes! Gegen Abend war es auf dem Platz besonders schön. Hunderte von bunten Lampen leuchteten: an der Schiffschaukel, am Kettenkarussell und an den vielen Losbuden und Verkaufsständen, die Zuckerwatte, türkischen Honig und gebrannte Mandeln anboten. Alles war untermalt von Drehorgel- und

Leierkastenmusik. Auf einmal war er wieder da. Er stand ganz dicht neben mir und begrüßte mich so herzlich, als ob wir uns schon seit langem kennen. Er sei der Kurt. Barbara stellte ich mich vor. Er lud mich ein zur Schiffschaukelfahrt. Wir flogen hoch und höher als alle anderen. Mir war ganz schwindelig! Alles schaukelte – die Lichter, die Sterne, ich mit ihm. Er führte mich über den Platz. Seine Hand war fest und warm. Er kaufte mir einen weißen Luftballon mit einem Negerkind in der Mitte. Zum Abschied küsste er mich; aber küssen war nicht so süß und aufregend wie ich es mir vorgestellt hatte. Zu Hause habe ich den Ballon an meinen Bettpfosten gebunden, und ich habe geträumt von einer Schaukel, die mit ihm und mir in einen unbekannten Himmel fliegt.

Der erste Schultag. Obersekunda – er war mein Klassenkamerad. Wir waren 12 Jungen und 4 Mädchen. Ich saß in der ersten, er in der letzten Reihe. Ich war völlig verwirrt. Es war ganz unmöglich, sich zu konzentrieren. Wenn ich mich umschaute, trafen sich sofort unsere Blicke. Der Lehrer fand mich gefährlich, weil ich sehr bunte, amerikanische Kleider trug und eine „Sambabluse", deren Ausschnitt etwas tiefer war, als in Waldbröl üblich. Er fürchtete, ich könnte Unruhe stiften, aber Unruhe war nur in meinem eigenen Herzen. Wir beide waren die einzigen Waldbröler der Klasse. Alle anderen kamen als Fahrschüler aus den benachbarten Dörfern. Nachmittags fuhren wir Fahrrad. Er setzte mich auf seine Stange. Ich fühlte seinen Atem im Nacken und es war aufregend, so nah an seiner Brust zu sein. Wir fuhren sehr schnell, und wir fuhren Schlangenlinien, vorbei an Kornfeldern und Fachwerkhäusern. Es war bei Gott ein Wunder, dass ich immer heil nach Hause gekommen bin. Das Rad war sein erster Besitz, eine Eigenkonstruktion aus Einzelteilen. Lange habe ich mein Taschengeld gespart, um ihm einen Dynamo mit Lampe und eine Klingel zu schenken. Wir haben auch viel gemeinsam für die Schule gelernt. Dabei verspeisten wir Berge von Broten mit Butter, Rübenkraut und Schichtkäse. Unsere Lieblingsbeschäftigung war das Tanzen. Ich besaß einen Plattenspieler. Wir übten uns in Boogie Woogie,

Swing und tanzten nach Dixieland und New Orleans. Auf Schul- und Sportfesten bildete man einen Kreis um uns und klatschte im Takt in die Hände. Ich wirbelte mit ihm durch den Saal. Er warf mich in die Luft und fing mich wieder auf, bis sich alles um mich drehte. Immer war mir schwindelig, wenn ich besonders glücklich mit ihm war. Ich liebte das Leben wie ich überhaupt vieles liebte: die Eltern, meinen Hund, mein Zimmer, meine Pflanzen. Das Zentrum meiner Liebe, meiner Lebensfreude, meiner ganzen Vitalität, war er.

Plötzlich hat Kai alles verändert. Kai war eine Schülerin aus Schweden. Sie kam, um ihre deutschen Sprachkenntnisse zu verbessern. Seine Eltern hatten sich bereit erklärt, dass Mädchen für drei Monate bei sich aufzunehmen. Kai war sehr blond. Sie hatte einen schönen Mund mit ebenmäßigen Zähnen, der wie ich glaubte, schon im Küssen geübt war. Für die jungen Leute im Ort war sie aufregend neu mit ihrem schwedischen Akzent. Ich fühlte, wie beeindruckt Kurt von ihr war. Sein keck sehnsüchtiger Blick, der hundert mal auf mich gerichtet war, suchte nun ihre Augen. Ich kannte ja so genau den warmen Druck seiner Hand, wenn er sie durch die Stadt führte und seinen raschen Atem, wenn Kai nun auf der Stange saß, von seinem schnellen, silbergrauen Fahrrad. Auf dem Schulfest nahm er sie in den Arm. Er tanzte nur mit ihr, obwohl sie eine ganz und gar schlechte Tänzerin war, völlig ohne Rhythmus und Schwung. Lächerlich von ihm Boogie Woogie oder Dixieland mit ihr zu versuchen! Viele Freunde wollten mit mir tanzen. Mancher Junge hoffte, jetzt sei vielleicht die Stunde einer Chance bei mir für ihn gekommen. Ich gab mir große Mühe, ruhig zu sein. Plötzlich überwältigte mich mein ganzes Unglück, meine Enttäuschung, meine Verzweiflung mit elementarer Kraft. Ich warf mich zwischen sie und ihn, ich zerriss ihr Kleid; ich kratzte und trat und schlug wild um mich. Dann hörte ich nichts mehr, ich sah nichts mehr, mir war wieder so schwindelig, aber diesmal, weil ich so unglücklich war. Von harten Armen wurde ich fortgebracht. Man hielt mich für völlig verrückt, für brutal und zügellos wild. Manche hatten auch Mitleid. Gefühle, die mir aus der Kriegs- und Nachkriegszeit schon bekannt waren, kamen wieder: Bedrohung, Verlust, Einsamkeit, Hunger, nicht nach Brot, nach Liebe. Er war verunsichert, erschrocken über meine Leidenschaft. Seinen Spaß am Spiel mit der Blonden hatte ich zerstört. Die Wochen vergingen. Kai reiste zurück in ihre Heimat. Es wurde Winter und Reif legte sich auch über unsere Liebe.

Wir bereiteten uns aufs Abitur vor. Wir tauschten Bücher aus, lösten mathematische Gleichungen und hielten uns gegenseitig Vorträge über die Naturalisten, über Ethik oder Goethes Begriff der „schönen Seele", über Marx und Darwins Evolutionstheorie. An meinem Gefühl für Kurt hatte sich nichts geändert. Ich hätte ihn aus dem Gedächtnis malen können, ganz genau. Ich kannte die Form seiner Ohrmuschel, den Knick in der Wölbung seiner Brauen, das Grübchen im Kinn und die Sommersprosse auf seiner Nasenspitze. Was ich ihm bedeutete, wusste ich nicht mehr. War ich ihm eine Schwester, ein Freund oder liebte er mich. Ich glaube, er wusste es selbst nicht. Manchmal stahl er mir eine Rose aus Nachbarsgarten; er schenkte mir einen kleinen Glückselefanten aus Glas und ein Buch mit Liebesgedichten von Catull. Dann kam das Abitur. Er hatte sich sorgfältig und fleißig vorbereitet. Er absolvierte alle Prüfungen blendend. Ich hatte mehr über ihn und mich nachgedacht. Ich hatte weniger fleißig gelernt und schnitt befriedigend ab. In Biologie allerdings waren wir beide sehr gut. Wir hatten beschlossen, Ärzte zu werden.

Die Abiturfeier war ein herrliches Fest. Der Saal war mit Girlanden geschmückt. Alle waren festlich gekleidet. Ich trug ein leuchtend blaues Kleid mit weißen Blumen und weitem Rock. Er war von allen der hübscheste Junge. In den Augen der Eltern leuchtete Stolz und Zufriedenheit. Manche waren auch erleichtert. Die Lehrer gaben sich wohlwollend. Es war ein stolzes Gefühl, dass sie keine Macht mehr über uns hatten und uns „Sie" nennen mussten. Einige jedoch waren echte Freunde. Sie hatten uns begeistern können, Probleme gelöst und Mut gemacht. Ihnen war ich dankbar. Unsere Klasse hatte ein üppiges

Büfett aufgebaut. Mich lockte ein Turm oberbergischer Waffeln. Eine Studentenkapelle aus Köln sorgte für flotte Musik. Nach dem Tanz mit dem Vater flog ich von Arm zu Arm bis ich dann endlich nur noch mit ihm tanzte. Wir beherrschten alle Varianten, Latein-amerikanisch, Jazz Dance oder Tango, ganz zärtlich aneinander geschmiegt. Im Tanz äußerte sich unser jugendliches Lebensgefühl: Optimismus, Übermut, Vitalität und Erotik. Ich machte die Augen zu und dachte in seinen Armen, beim letzten Walzer, das Fest sollte nie zu Ende gehen. Ein unbeschwerter, noch kindhafter Abschnitt unseres Lebens war vorbei. Wir warteten ungeduldig auf die Freiheit.

Kurt wollte sich von mir trennen, aus der Ferne prüfen, ob er mich vermisst, was ich ihm bedeute. Ich brauchte keinen Test, ich wusste, dass er alles für mich war, dass jeder andere Mann nur Ersatz sein könnte. Ich fuhr alleine nach Innsbruck. Er brachte mich zum Zug. Ich konnte nicht sprechen, mein Gesicht war ganz nass. Wir winkten uns, als der Zug losfuhr. Je kleiner seine Gestalt wurde, umso elender fühlte ich mich innerlich, ganz leer und schrecklich müde.

Innsbruck ist eine liebenswerte Stadt, bevorzugt gelegen im Inntal, umgeben von Bergen, am Fuße der Nordwand, geschmückt mit prächtigen Barockhäusern und Kirchen; voller Leben durch die vielen Menschen, die bei gutem Wetter in einem der Restaurants am goldenen Dachel ein Viertele trinken. Österreich kam mir freundlich entgegen. Die Leute dort sind charmant, leichtlebig und liebenswürdig. Ich besuchte fleißig alle Vorlesungen und lernte den Stoff mit großem Eifer. Die Studenten unseres Semesters waren eine fröhliche Gruppe. Mittags gingen wir zum Lamprechter, einem gemütlichen Lokal unter den Kolonaden und aßen überbackenen Leberkäs oder Scheiterhaufen, eine Süßspeise mit Äpfeln und Eierkuchenteig. Abends in meiner ungemütlichen Studentenbude war mir immer kalt. Jeden Tag schrieb ich Kurt einen Brief – so viele Briefe – ich erzählte ihm alles was ich erlebt hatte, sehr genau. Da ich aber von ihm keinerlei Nachricht bekommen hatte, schickte ich meine Briefe nicht ab. Manchmal überkam mich schreckliche Sehnsucht. Ich wollte einfach zum Bahnhof laufen und zu ihm fahren. Warum war er nicht hier, warum hatte er mich allein gelassen? Oft träumte ich, was wir alles gemeinsam unternehmen könnten: eine Stadtrundfahrt mit dem Fiaker, gezogen von einem Apfelschimmel, der Kutscher ein fescher, älterer Herr mit Zylinder. Wie wär's mit einem gemütlichen Kaffeehaus, wo wir an einem verregneten Nachmittag bei Kerzenlicht Sachertorte essen? Oder eine Fahrt mit der Zahnradbahn ein Stück die Nordwand hinauf, bis zur Station Hungerburg, wo sich die Stadt so malerisch unter einem ausbreitet, am schönsten im Dunkeln mit ihren tausend Lichtern. Schluss mit dem Träumen, das Studium forderte Bücher wälzen, lernen und üben.

Es war ein Tag wie jeder andere. Der Wecker rasselte. Noch einen Moment möchte man die Augen zulassen, sich nicht bewegen, die Wärme genießen. Dann der Sprung ins kalte, ungemütliche Zimmer. Es regnete – mit Kollegmappe unterm Arm zur Uni. An solch einem dunkel verhangenen Tag sah die Nordwand einengend und bedrohlich aus. Ich dachte über lauter traurige Dinge nach: über die leidenden Menschen im Klinikum, über die Krankheiten, die im Kolleg vorgetragen wurden und darüber, dass ich eigentlich Heimweh hatte. Ich riss mich zusammen, beschleunigte meinen Schritt; ich wollte stark sein. Aufrechter und entschlossener als es meine Art war, betrat ich den Hörsaal. Da ein Medizinstudent glaubt, von der Krankheit befallen zu sein, die gerade demonstriert wird, litt ich an Herzschmerzen, weil Herzmuskelentzündung an der Reihe war. Eigentlich trat dieses Stechen in der Brust aber nur auf, wenn ich an Kurt dachte. Mittagspause – der Himmel riss auf. Sonnenstrahlen ließen die Pfützen auf der Strasse glitzern. Wolken hingen wie Fahnen an den Bergspitzen. Ich fühlte mich besser. Ein paar nette Kollegen wollten mich zu einer Autofahrt einladen. Ein Ausflug nach Seefeld war geplant. Das Angebot kam mir gerade recht. Wir lachten und neckten uns und aßen Kuchen mit Oberst in einem

Waldkaffee. Es war auch angenehm, lauter nette Dinge zu hören – zum Beispiel, dass sie mich einfach „herzig" fanden. Es dämmerte schon, als wir Innsbruck wieder erreichten. Die jungen Männer brachten mich vor meine Haustür. Nach reichlich Winken und Hupen brausten sie davon. Gerade wollte ich die Haustür aufschließen, da stand Kurt vor mir. Zuerst war ich richtig erschrocken. Wir sahen uns in die Augen. Dann war alles wie am ersten Tag. Er war mir ganz neu und gleichzeitig so vertraut. Ich war plötzlich ruhig, weil er bei mir war und doch erregt, da er mir so nah war. In mir war lauter Jubel. Ich wollte tausend Fragen stellen, aber ich war so glücklich, dass ich nichts sagen konnte. Natürlich war mir wieder ganz schwindelig wie in allen wichtigen Augenblicken meines Lebens. Er sagte, er würde sich für das nächste Semester in Innsbruck anmelden. Er könne nicht ohne mich sein. Er sollte nicht nur die ganze Nacht, sondern auch das ganze Leben bei mir bleiben. Wir waren erwachsen geworden.

Inzwischen konnte Ferdi das Notariat in Waldbröl deutlich vergrößern und verdiente gut. Bald kann man sich ein Auto und eine größere Wohnung leisten. Am Wochenende fährt die Familie ins oberbergische Land und lernt die Schönheiten der neuen Heimat kennen. Mit dem Büropersonal gibt es Betriebsausflüge: zur Dahlienschau oder zur alten Burg in Nümbrecht. Hannelotte verwöhnt die Angestellten mit kleinen Geschenken, Kaffee und Kuchen. Frau Liebfried, eine dünne kleine Person, hilft Hannelotte im Haushalt. Früher hatte sie im Variete´ als Dame ohne Unterleib gearbeitet. Sie erklärt: „Frau Notar, schwarzer Hintergrund, alles Illusion"!

Hannelotte hat auch Gäste, die sie festlich und gut bewirtet. Es ist der Förster, der Amtsgerichtsrat, der Rechtsanwalt, die Hausärztin. Die Ärztin, Frau Dr. Poschmann ausgenommen, mit der die Dresslers ein sehr freundschaftliches Verhältnis haben, sind die Menschen in Waldbröl eng und spießig und keine interessanten Gesprächspartner. Das Kulturange-

Hannelotte im Alter von 80 Jahren

bot beschränkt sich auf Wanderbühnen, Vorträge und kleine Konzerte von mittelmäßiger Qualität. Trotzdem arrangiert man sich und fährt ab und zu in das vierzig Kilometer entfernte Bonn. Richtig schlecht geht es nur noch Klara. Sie hat eine winzige Wohnung in Köln und arbeitet als Schneiderin. Sie verdient so wenig, dass sie mit ihrem Mathias am Existenzminimum leben muss. Jede Woche fährt ein Lehrmädchen von Ferdi zur Berufsschule nach Köln. Hannelotte packt eine große Tasche mit Lebensmitteln und etwas Geld, die sie für Klara mitgibt. Sie macht das heimlich, hinter Ferdis Rücken und genau das ärgert ihn sehr, da er von der Tasche weiß. Er ist böse über ihren Vertrauensbruch, vermutet vielleicht auch größere Summen Geld. Leider lässt die gut gemeinte Tasche, die Klara bestimmt sehr nötig hat, das alte Problem neu aufleben, ein Problem, dass von Hannelotte niemals gelöst wurde.

Valentins Stellung als Milchkontrolleur hat keine Zukunft. Darum rät Papa ihm, nach Amerika auszuwandern. Die Familie hat Freunde in Chicago, die in der schlechten Nachkriegszeit Carepakete geschickt haben. So kann man Valentin eine Anlaufadresse mitgeben. Er beginnt als Tellerwäscher und wird schließlich Leiter des Lufthansabüros in Philadelphia. Er heiratet eine deutsche Frau, Irmgard, genannt Küken, die eine Tochter, Franziska mit in die Ehe bringt. Er zeugt mit ihr eine weitere Tochter, Renate. Ferdi und Hannelotte sind so wohlhabend geworden, dass sie zusammen reisen können. Ihr Ziel ist immer wieder das Lieblingsland Italien. Sie fahren an die oberitalienischen Seen, in die Toskana, nach Rom und sogar nach Taormina auf Sizilien. Am liebsten sind sie am Gardasee. Das Wasser, das die Farbe des Himmels widerspiegelt, meist blau oder türkis mit den weißen Tupfen der Segelboote, öffnet das Herz. Wenn die Sonne tief steht, genießen sie das goldene Glitzern im Gegenlicht, bis die Sonne ins Wasser taucht, als leuchtender rot-gelber Ball. Im Winter, wenn sie die Augen schließen, sehen sie wieder die Berge, die den See umrahmen, von denen der Monte Baldo oft noch bis Pfingsten eine weiße Schneekuppe trägt. Das Ufer mit dem südlichen Flair, die malerischen Orte am See mit Promenaden, die einen durch ein Meer von Oleanderblüten führen, weiße, rosa, rote Sträucher oder auch Bäume, wo Bänke dazu einladen, kinderreiche Entenfamilien und Schwäne zu beobachten. Jeder Ort hat einen Hafen mit Fischerbooten in verschiedenen Farben. Auch Motorboote in allen Größen und Jollen sowie Segeljachten kann man bewundern. Alte Männer sitzen am Kai und vermieten kleine Boote. Es gibt auch einen Anleger für die Berufs- und Vergnügungsschiffe. Da kann man mit einem alten weißen Raddampfer oder auch mit einem Gleitboot zur anderen Seite fahren. Im Ort findet man kleine Plätze, wo Tische mit Sonnenschirmen zum Essen einladen. Direkt am See gibt es die riesigen Eisbecher mit Früchten und Joghurt, oder auch mit Alkohol und Sahne. In den engen Gässchen so viele verlockende Läden. Stundenlang bummeln zu gehen, ist Hannelottes besonderes Vergnügen. Da gibt es die Keramikfrau, die handgemalte, künstlerische Vasen, Schalen und Teller anbietet, auf denen farbenfroh kleine Geschichten dargestellt sind wie eine Apfelernte oder das Leben auf dem Dorf. Daneben das Glasgeschäft mit mundgeblasenen Figuren aus Murano und den bunt glitzernden Ketten, teils aus Glas, teils aus Halbedelsteinen wie Achat oder Rosenquarz. Das nächste Geschäft besitzt Claudio mit seinem Obst- und Gemüsestand, wo die herrlichen Pfirsiche aus der Gegend von Verona, Wassermelonen, blaue und grüne Trauben, Salate rot oder grün, Auberginen und Avocados bunt übereinander gestapelt sind. Claudio ist groß, trägt eine grüne Schürze und hat einen Bleistift hinterm Ohr. Er winkt den Kunden und macht lautstark Reklame für seinen Stand. Seine Frau ist klein, schüchtern und geduckt. Sie beeilt sich, abzuwiegen und sauber zu machen. Dann kommt Hannelotte zum Ledergeschäft. Elegante Taschen in allen Größen sind im Angebot. Hannelotte verliebt sich in eine gesteppte dunkelblaue Handtasche aus weichem Ziegenleder mit einer Messingkette für die Schulter. Jetzt bleibt sie beim Modegeschäft stehen, lange weiche schwarze Kleider mit Spagettiträgern sind im Trend. Sie genießt es, alles zu bewundern. Am Eisstand kauft sie sich eine Waffel mit zwei Kugeln Bacio, das ist das Eis des Monats, Nougat mit Haselnuss. Männer haben nicht so viel Geduld, und so wird sie Ferdi zu den Dingen führen, die sie ausgesucht hat und die ihr ganz besonders gefallen.

Sie wohnen in einem hübschen Hotel, direkt am Wasser. Man kann im See oder auch im Pool baden. Der Tag beginnt mit Frühstück auf der Terrasse, man bestellt Cafe' latte, Brötchen mit Salami oder Caciotta Käse und Bel paese. Tagsüber unternehmen sie Ausflüge. Man fährt um den See herum, besichtigt Burgen und Kirchen, oder sie fahren nach Verona, bewundern das Portal von San Zeno, die Arena, die Scaliger- Gräber, die Dante Statue und das Haus von Romeo und Julia. Sie kaufen ein auf dem Markt der, Piazza delle Erbe. An einem Stand mit Trödel finden sie Messingleuchter und ein auf Holz gemaltes Jesuskind. Der Verkäufer, ein gut gebauter, dunkelbrauner, noch junger Italiener mit fast schwarzen Locken, behauptet, die Sachen seien sehr alt und stammten aus einer Dorfkirche. Ferdi macht es Spaß zu handeln, man einigt sich, Ferdi hat ein Erfolgserlebnis, und der Italiener hat einen Preis deutlich über Wert bekommen. Für die Enkelkinder kaufen sie T-Shirts mit Rennwagen- Aufdruck in verschiedenen Farben.

Zurück am See geht Ferdi mit durch die Gässchen und kauft das Eine oder Andere, das Hannelotte so gut gefallen hatte. Auf der Piazza suchen sie sich einen Tisch zum Abendessen im Piccolo Hotel und setzen sich nebeneinander mit Blick auf den See. Gern beobachten sie die Passanten, dunkle Italienerinnen mit braunen Schultern, in langen ärmellosen Kleidern. Eine blonde, junge Frau aus dem Norden mit einem schlanken sportlichen Mann. Die zwei kleinen Töchter hopsen in fast knöchellangen weißen Kleidern vorne weg. Ein sehr dicker Tourist geht vorbei. Er hat Sonnenbrand und trägt viel zu kurze Shorts. Sein T-Shirt spannt sich über den Kugelbauch. Seine nicht viel weniger fette Frau trägt ein rot geblümtes Kleid. Beim Gehen stoßen ihre speckigen Oberschenkel zusammen. Ein Liebespaar küsst sich unentwegt und man wundert sich, dass sie trotzdem gradlinig den Weg nach vorne gehen. Ein Afrikaner mit einem Bauchladen versucht Armbanduhren zu verkaufen. Ein Trupp kleiner Jungen, einheimische und fremde gemischt, probieren, sich grölend zu fangen. Hannelotte und Ferdi bestellen sich Lachsforelle und Bardolino. Sie schauen sich in die Augen. Wenn doch die Zeit stehen bleiben könnte. Der Abschluss des Urlaubs ist eine Opernaufführung in der Arena. Aida von Verdi steht auf dem Programm. Es ist schon ganz dunkel, wenn die Aufführung beginnt. Jeder Besucher bekommt eine Kerze. Wenn die Ouvertüre beginnt, funkeln tausende von Lichtern. Durch die Größe kann das Bühnenbild eindrucksvoll gestaltet werden und bietet Platz für große Chöre. Die Arien, meisterhaft gesungen, enden mit „Brava Brava Rufen" und tosendem Applaus. Die Besetzung ist immer erstklassig, es sind Sänger von der Mailänder Scala.

Diese Italienreisen sind für Hannelotte nicht nur Höhepunkte in der Zeit des Wiederaufbaus, sondern sie gehören auch zu den schönsten Erlebnissen in ihrem Leben und in ihrer Beziehung zu Ferdi, mit dem sie frei und glücklich ist. Barbara und Claudia studieren jetzt in Bonn. Barbara Medizin, natürlich gemeinsam mit Kurt, Claudia Philologie. Am Wochenende fahren alle nach Hause.

Mamas Geburtstag ist immer ein besonderes Fest. Da kommen auch Klara mit Mathias und Gisela mit Familie nach Waldbröl. Manchmal kann es auch Valentin einrichten, aus Amerika zu Mamma zu fliegen. Ein Päckchen von ihm aus Amerika fehlt nie. Papa baut mit Liebe den Geburtstagstisch auf. Mamma freut sich nicht über praktische Dinge wie Strümpfe, Kochlöffel oder Unterhosen. Es müssen unnötige Dinge sein. Eine alte Puppe, ein glitzernder Schmetterling aus Swarovski Kristall, ein Buch mit Goldschnitt in Leder gebunden, kann sie glücklich machen. Sie hat die Gabe, sich auch über Kleinigkeiten kindlich zu freuen: wie ein Duftkissen oder eine Sandrose. Papa gelingt es immer, Mamma eine Überraschung zu schenken. Diesmal ist es ein Meißner Moccatässchen. Auch die Kinder haben sich Geschenke ausgedacht: Parfüm, Mode-schmuck, Konfekt.

An einem festlich gedeckten Tisch mit edlem Geschirr, Silber und Blumen wird Kaffee getrunken. Mammi hat am liebsten Buttercreme-torten und Baumkuchen. Selber gebackenen Kuchen liebt sie nicht, er schmeckt ihr nicht so gut und ist aus ihrer Sicht nur ein ärmlicher Ersatz für Konditortorten. Der Kaffee muss sehr stark sein und wird mit einer Moccamühle handgemahlen. Schlagsahne darf natürlich nicht fehlen. Papa bekommt nach Wunsch einen englischen Teekuchen. Von den Päckchen ist am wichtigsten das von Valentin. Er schickt Souvenirs von den Fidchi Inseln oder auch von Hawaii.

Die Kinder haben bei Mamma einen sehr unterschiedlichen Stellen-wert und ihre Liebe verteilt sie nicht gleichmäßig. Ihr Liebling ist mit

Abstand Valentin. Er, der Erstgeborene ist der einzige Sohn. Die vielen Kriegsjahre hat sie um sein Leben gebangt. Er ist anpassungsfähig und geht jedem Streit aus dem Weg. Er ist ausgeglichen, liebevoll und anhänglich zu seiner Mutter. Dann kommt Claudia. Sie ist ihre „Kleine", das Wunschkind noch mit 41 Jahren, der Mutter ähnlich, sensibel, ängstlich und schutzbedürftig, dabei besonders hübsch. Unauffällig und geschickt versteht Spätzchen, ihren Vorteil zu nutzen. Als nächstes kommt Klara, sie ist die Gütigste, ist tolerant und immer hilfsbereit. Klara hat wenig Vitalität, keine Ansprüche. Sie ist äußerst bescheiden und tut sich schwer, das Leben zu meistern. Ihre Schwäche bleibt für Mamma eine Sorge. Klara ist ein passiver Mensch. Mitleid dominiert im Gefühl der Mutter für die Tochter. Barbara ist unabhängig, selbstbewusst, realistisch und fröhlich. Sie hat einen starken Willen, Sinn für Gerechtigkeit und übt viel Kritik an der Mutter. Sie liebt und bewundert den Vater. Er ist ihre Leitfigur. Auch Ferdi fühlt sich mit Barbara besonders verbunden. Er ist stolz auf die Tochter und verwöhnt sie mit Liebe und Geschenken. Er will bewusst die Bevorzugung von Claudia durch Mamma ausgleichen. Barbara wendet sich mit jeder Frage um Rat an Papi. Später, als erwachsene Frau, braucht sie bei schwierigen Entscheidungen nur zu denken: was hätte der Vater gesagt. Sie wusste dann sofort den richtigen Weg. Ihre ganze Stärke und Sicherheit und gradlinige Offenheit hat sie vom Vater auf den Lebensweg mitbekommen. Wenn sie verletzt und gekränkt war, hat er gesagt: „großzügig sein, mein Hasechen – immer großzügig sein!" Zuletzt, wirklich zu allerletzt bei Mamma kommt Gisela. Ihre wissenden Augen, die anklagen, die nicht verzeihen, kann Hannelotte schwer ertragen. Gisela ist glücklich mit ihrer Familie. Man besucht die Eltern in Waldbröl, aber es gibt keine Wärme, kein Vertrauen zwischen Mutter und Tochter. Hannelotte interessiert sich nur wenig für die Enkelkinder. Sie fährt sehr selten nach Köln, um Gisela zu besuchen. Mit Mathias ist sie stärker verbunden. Der kommt gerne nach Waldbröl zu Besuch. Besonders, wenn Viehmarkt ist. Auf einem großen Platz am Rande des Ortes sieht man eine Menge Vieh und Bauern, die um die Preise feilschen.

Hier gibt es Kühe, Kälber sogar einige Pferde, Schweine, Schafe, Ziegen, Gänse und Hühner. Für Mathias ein Spaß, den das Stadtkind nicht kennt. Immer gibt es auch eine Schiffschaukel und ein Kettenkarussell mit lauter Musik. Eine Bude an der anderen ist die lange Strasse hinauf bis zum Zentrum aufgebaut. Da gibt es bäuerliche Kleidung wie blaue Latzhosen, Gummistiefel und gemusterte Pullover. Dann eine Bude mit oberbergischen Spezialitäten wie: Schwarzbrot aus dem Holzofen, den kuchenähnlichen rheinischen Platz, Pflaumenmus und eingelegte Gurken. Trödel mit Geschirr, Lampen und Möbelchen, die die Bauern noch auf dem Speicher hatten und jetzt viel zu teuer verkaufen wollen. Meist sind es dralle Landfrauen, die die Ware anbieten.

Ferdi hat ein schönes Haus gemietet, aus den 30er Jahren. Es ist zweistöckig, mit ausgebautem Dach und Garten. Im Parterre ist das Büro untergebracht, im ersten Stock die Wohnräume mit Balkonterrasse und im Dach Schlafzimmer und Bad.

Für Ferdi wird die Arbeit allmählich anstrengend und er ist froh, dass er sich über Mittag ein wenig hinlegen kann. Hannelotte ist geplagt von den Wechseljahren, sie ist psychisch unausgeglichen, gequält von Ängsten, Schwindel und Migräne. Jeden Tag ist sie in der Praxis der Hausärztin Dr. Poschmann, die ihr Hilfe gibt durch Medikamente und stundenlange Gespräche. Die beste Therapie ist Valentin. Wenn er kommt, ist alle Krankheit vergessen. Sie kann ihn endlich wieder verwöhnen. Auch für die Geschwister bringt er so einen Hauch der großen weiten Welt aus Amerika mit. Er erzählt von seinen Reisen in die Südsee und von Sekt und Tanz im Flugzeug. Valentin kommt mehrmals im Jahr, denn er hat alle Flüge von Lufthansa frei.

Barbara hat Staatsexamen und ihren Doktor gemacht. Jetzt gibt Papi sein ok zur Heirat mit Kurt . Kurts Vater ist Standesbeamter und vollzieht selbst die Trauung. Papi führt die Tochter im weißen Brautkleid in der Waldbröler Kirche zum Altar. Er ist emotional so aufgewühlt, dass er die ganze Zeit in der Kirche weint und schluchzt, so dass alle Bekannten ihn verwundert anschauen, weil Kurt doch ein lieber, hoffnungsvoller und sehr schmucker junger Mann ist. Die Hochzeit wird recht bescheiden zu Hause gefeiert. Das Brautkleid hat Klara genäht. Die Familie ist zusammen gekommen, zu der jetzt auch die Eltern Schumacher und Kurts Schwester Christa gehören. Papi hält eine Rede, dass es so schwer ist, sein Kind herzugeben. Er hofft, in Kurt einen Sohn zu finden, der seine Tochter so liebt wie er. Meine Barbara, sagt er, dass du deine große Liebe heiraten konntest, ist ein Geschenk, das dich entschädigen kann auch für Kummer und Enttäuschungen, weil du heute ja so glücklich bist. Die Eltern Schumacher sind eine große Bereicherung für Dresslers. Bis ans Ende des gemeinsamen Lebens sind sie treu, freundschaftlich, hilfsbereit und verlässlich gewesen. Für die Hochzeitsreise leiht Papi dem Brautpaar sein Auto ,Vollkasko versichert. Mammi hat noch Parfum in den Koffer gepackt und ab geht's an den Comer See.

Hannelotte und Ferdi haben eine schöne Zeit. Er ist erfolgreich, verdient gut und Hannelotte betreut und verwöhnt ihn. Sie kocht ihm Lieblingsmenüs, schält ihm Äpfel, serviert ihm Zitronenkeks und richtet ihm das Bad. Sie können sich Wünsche erfüllen. Alte Freunde aus Küstriner Zeit wie Onkel Schemensky und Georg Heimann-Trosin kommen zu Besuch. Ferdi und Hannelotte sind stolz, ihr neues, erfolgreiches Leben zu zeigen.

Mammi versucht Claudia zu verheiraten. Am liebsten an einen reichen Italiener, auch ein Deutscher in guter Position wäre recht. Sie will Verbindungen arrangieren, Kontakte herstellen. Sie lädt hoffnungsvolle junge Männer nach Hause ein, aber es glückt nicht recht, sie hat keinen Erfolg.

Claudia ist klug und sehr hübsch. Sie ist aber sehr unselbständig und gehemmt, so fehlt ihr die Ausstrahlung für Männer. Schließlich kommt doch ein ernsthafter Bewerber. Es ist Haves Al Ghanim, ein persischer Kollege von Kurt und Barbara, mit dem sich die beiden angefreundet haben. Haves ist lustig, liebenswürdig und klug. Sie haben ihn gern um sich, weil er immer taktvoll, unaufdringlich, hilfsbereit und gesellig ist. Einmal im Jahr, in den Semesterferien, fährt er nach Isfahan zu seiner Familie. An den Wochenenden ist Haves in Bonn alleine, und so laden Kurt und Barbara ihn nach Waldbröl zu den Eltern ein. Beide Familien lernt er kennen und alle finden ihn interessant und sympathisch. Die Frauen lassen sich von Persien erzählen, vom Leben im Familienclan, vom persischen Haus. Ferdi liebt es, mit Haves zu diskutieren über aktuelle Themen wie Politik. Haves ist beeindruckt von Claudia, von ihrer Schönheit und ihrer unschuldigen, mädchenhaften Jugend. Haves ist nicht attraktiv, doch Claudia gefällt sein fremdländisches Flair, die braune Haut und die dunklen Locken, der arabische Akzent, ganz einfach, der Hauch vom Orient, der ihn umgibt.

Er hat sich verliebt und sehr gezielt, langfristig und systematisch, nutzt er seine Chance. Der Weg zur Tochter geht über die Eltern. Hannelotte ist ihm stark zugetan. Sie sieht ihn wie einen Sohn im Hause. Seine Bewunderung für ihre liebste Tochter macht Mamma glücklich. Er sieht wie sie das Besondere in der Tochter, auf die sie so stolz ist. Mamma und Papa planen eine Reise nach Sizilien. Haves möchte mit ihnen fahren und bietet seine Hilfe und Begleitung an. Er reist nicht mit Claudia, er reist mit den Eltern. Barbara und Kurt beobachten Haves Manöver mit zunehmendem Misstrauen. Er ist häufiger in Gesellschaft der Eltern als der Tochter, der er sich nur mit großer Vorsicht nähert. Es fehlt ihm die Spontaneität und der Mut zur Liebe mit Claudia. Da passiert überhaupt nichts. Er entführt sie nicht, er verführt sie nicht. Er will das Mädchen heiraten, aber er spricht nicht über die Konditionen, die er sich vorstellt. Barbara bringt die Fragen auf den Punkt. Er will, dass Claudia Mohammedanerin wird. Man hat ihm ein Krankenhaus in Isfahan in Aussicht gestellt. So will er zurück in seine Heimat. Isfahan ist wesentlich traditionsgebundener als die weltoffene Hauptstadt Teheran. Trotz der Bemühungen des Schahs um Fortschritt, ist die Zeit in Isfahan stehen geblieben. Die Frauen sind rechtlos. Sie müssen auf der Strasse den Schleier tragen, sie werden von den Männern beherrscht. Ihre Welt bleibt das Haus und die Kinder. Außerdem ist es dem Mann erlaubt, mit vier Frauen zusammen zu leben. Eine junge Frau muss sich im Clan den älteren gegenüber unterordnen. Ein Leben in solchen, oder auch nur ähnlichen Verhältnissen, muss für eine Frau wie Claudia unvorstellbar sein und würde ihr absolutes Unglück bedeuten. Auch Ferdi und Hannelotte werden sich der Gefahr bewusst und wollen ihr Kind unter solchen Bedingungen Haves nicht geben. Claudia, die sich ein Leben wie in tausend und einer Nacht vorgestellt hat, wird verzagt. Sie kämpft nicht um ihre Liebe, sie versucht nicht ihn zu halten, bei ihm zu bleiben in Deutschland, bei ihm zu bleiben als Christin. Sie gibt ihn auf. Aus dem Krankenhaus in Isfahan ist für Haves nichts geworden. Er bleibt doch hier in Deutschland. Er eröffnet in der Eifel eine Praxis für Allgemeinmedizin. Er heiratet eine Perserin. Er hat sich nie mehr gemeldet, die Freundschaft ist zerbrochen.

Barbara ist schwanger, die Geburt eines gesunden Knaben – Bernd – ist eine große Freude für die ganze Familie.

Oft ist Papi sehr müde. Es ist nicht leicht, sich bei den jungen Angestellten im Büro durchzusetzen. Es ist ein dunkler, nasskalter Tag im November. Schnee liegt in der Luft. Ferdi arbeitet im Garten, um alle Pflanzen und Topfblumen, die den Frost nicht vertragen können, ins Haus zu holen. Es ist mehr, als er dachte, es wird schon dunkel und er muss sich beeilen. Die Arbeit strengt ihn an und die Luft wird knapp. In der Herzgegend fühlt er Druck und Schmerz. Nicht nachlassen, weiter, weiter, ich muss noch heute fertig werden. Dann wird ihm ganz schwindelig und schwarz vor Augen. Er weiß nichts mehr von sich. Ferdi ist auf den Boden gestürzt. Hannelotte findet ihn bewusstlos. Sie bestellt den Krankenwagen. Er wird ins Waldbröler Krankenhaus gebracht. Ferdi hat einen schweren Herzinfarkt. Er liegt auf der Intensivstation und ist in Lebensgefahr. Hannelotte muss stundenlang im Krankenhausflur warten. Der Hals ist ihr wie zugeschnürt, der Mund ganz trocken, ihr Herz klopft so schnell, sie fühlt das Hämmern in den Schläfen. Ärzte, Krankenpfleger und Schwestern in grünen oder weißen Kitteln eilen an ihr vorbei, ohne sie anzusehen. Keiner merkt wie elend sie ist, keiner tröstet sie. Alles um sie ist anonym und fremd. Endlich kommt ein junger Arzt, der ihr freundlich mitteilt, dass Allerschlimmste sei zunächst überwunden und sie dürfe jetzt zu ihrem Mann. Erleichterung für die angsterfüllte Hannelotte. Sie tritt an sein Bett. Da liegt Ferdi, an Schläuche und an ein EKG angeschlossen, auf dem man die Kurve seines Herzschlags sehen kann. Er ist sehr schwach und müde, aber er hat keine Schmerzen mehr. Er kann leise mit Mamma sprechen. Er ist froh über ihre Nähe. Sie hält seine Hand und ist beruhigt, dass diese Hand warm ist. Am nächsten Tag kommen Barbara mit dem Baby und Claudia. Beide sind sehr betroffen. Barbara ist in größter Sorge, sie will den Vater nicht verlieren, er darf nicht sterben, sie liebt ihn so, sie braucht ihn so. Ferdi merkt ihre Panik. Er versucht, sie zu beruhigen. Er sagt: „ich habe alles wichtige, was für einen Menschen von Bedeutung ist erlebt und viel von der Welt gesehen; falls ich jetzt sterben muss, ist es kein Unglück, sondern das Ende eines erfüllten Lebens."

Ferdi überlebt den Infarkt. Er erholt sich. Er fährt mit Mamma zur Kur nach Bad Heilbrunn. Dieser Infarkt ist aber ein entscheidender Einschnitt in Ferdis Leben, das er jetzt völlig verändern muss. Er muss sich schonen. Die Notarkammer gibt ihm einen Assessor als Hilfskraft ins Notariat. Man hatte Ferdi das Notariat in Siegburg in Aussicht gestellt, das größer, interessanter und lukrativer als Waldbröl ist – dieser Traum ist natürlich vorbei. Ferdi muss Abschied nehmen von vielen Leckereien und Lieblingsspeisen. Er soll zehn bis zwanzig Kilogramm abnehmen. Auch die Ferien in Italien sind verboten, der Weg zu weit, das Klima zu heiß. Sie fahren an den Bodensee nach Überlingen. Sie mieten eine kleine Wohnung, wo Mamma ihm Diät kochen kann, wo es ruhig ist und niemand den gewohnten Tagesablauf stört. Sie gehen viel, spazieren weil Ferdi sich ja bewegen soll und Hannelotte so gerne Schaufensterbummel macht. In den Geschäften sucht sie nach kleinen Geschenken für die Kinder und nach Andenken. Sie kauft viele Postkarten, die sie an Freunde verschickt oder in Photoalben klebt, wenn Ferdi mittags schläft. Hannelotte arrangiert sich mit der neuen Lebenssituation. Hauptsache, sie hat ihren Ferdi und ist nicht allein. Sie betreut ihn gerne und liebevoll. In ihrer Ehe war ja immer Ferdi der Dominante, der alle wichtigen Entscheidungen allein getroffen hat. Jetzt, seit der Krankheit, ist ihre Position stärker geworden, und dass gibt ihr Selbstvertrauen. Der Radius ihrer Entscheidungsfreiheit ist etwas größer. In grundsätzlichen Fragen hat Ferdi immer noch die Fäden in der Hand.

Hannelotte ist inzwischen viel toleranter geworden. Als junger Mensch wird die Persönlichkeit geformt aus genetisch bedingten Charaktereigenschaften, durch die Erziehung, das Milieu, durch die Führung von Personen, die akzeptiert werden, auch durch das positive oder abstoßende Bild von Menschen, die uns beeindruckt haben. Für uns selbst setzen wir fest, was gut, noch tolerabel oder schlecht ist, setzen entsprechende Maßstäbe und versuchen, uns diesem Leitbild zu nähern. Nach den sehr subjektiven Vorstellungen beurteilen wir dann die Menschen im Umfeld. Kommt plötzlich ein eingreifendes Erlebnis auf uns zu, müssen wir uns neu orientieren. Es gelingt mehr oder weniger gut, teilweise auch gar nicht, die Situation zu meistern. Durch schwierige Lebenserfahrungen lernen wir, andere Menschen besser zu verstehen.

Wir können natürlich nicht alle möglichen Probleme und Komplikationen selbst erleben, aber durch die Beschäftigung mit anderen Menschen, durch Einfühlung in die Situation anderer, bekommen wir immer mehr Verständnis für die Reaktion auf ein für uns bisher unbekanntes Ereignis.

Hilfreich dabei ist auch die Literatur. Grossen Schriftstellern gelingt es, dass wir uns mit den Helden ihrer Romane identifizieren. Wir können uns hineindenken und lernen zu verstehen. Eine der wenigen Errungenschaften des Alters ist die Toleranz. Mit fortschreitendem Alter wird immer deutlicher, wie unerschöpflich die Bandbreite des Lebens und dessen Vielfalt ist.

Auch für Barbara ist bei den Eltern ein Verlust eingetreten. Eltern, das waren Menschen, bei denen man allen Frust, allen Ärger, alles Unglück abladen konnte. Von den Eltern hat man Trost erwartet bei allen großen und kleinen Sorgen. Sie erkennt, dass ist jetzt plötzlich vorbei. Man darf die Eltern nicht mehr belasten. Man muss sie schonen. Sie muss sogar Schwierigkeiten vor ihnen verbergen. Sie fühlt sich allein gelassen, so, als hätte sie einen Teil der Eltern schon verloren. Das Blatt hat sich gewendet, statt Hilfe zu erwarten, ist sie gefordert, Hilfe zu geben. Aber immer noch versucht Papi der Tochter zu helfen. Für Ostflüchtlinge und junge, noch schlecht verdienende Familien gibt es sehr günstige Kredite. Papi kauft ein Grundstück und so kann Kurt ein Häuschen bauen. Ferdi hat ein Grundstück gewählt, dass nah bei Bonn, aber in Richtung Waldbröl gelegen ist. Im Souterain wird eine Arztpraxis für Barbara eingerichtet, mit der sie in den ersten Jahren das Einkommen der Familie sichert. Kurt wird in der Universitätsklinik sehr schlecht bezahlt.

Ferdis ganze Freude ist, die Kinder zu besuchen. Hannelotte kauft Kuchen, Kaffee, Wurst, Käse, Fleischsalat und Obst fürs Abendbrot ein, dazu Spielzeug für die Kinder, die sich von Jahr zu Jahr vermehren. Mit vier Buben und zwei Mädchen – Zwillinge – ist die Familie komplett. Zu diesen Sonntagsbesuchen kommen auch die Eltern Schumacher manchmal mit. Es ist dann eine große, liebe ziemlich laute Familie, wo alles durcheinander schreit, so dass man sein eigenes Wort kaum verstehen kann. Tassen fliegen um, Kakao fließt auf Hannelottes cremefarbenes Kleid und Spielzeugautos donnern gegen die Fußbodenvase. Barbara und Ferdi finden den Tag herrlich. Für Kurt ist der Sonntag verloren. Er muss in der Klinik hart arbeiten, kommt immer spät nach Hause, wenn die Kinder schon schlafen. Am Sonntag will er seine Familie genießen und auch ein paar Stunden ganz in Ruhe am Schreibtisch arbeiten. Auch Hannelotte werden die Besuche zu viel. Schon die Autofahrt ist Stress für sie, weil Papi Ampeln bei rot überfährt und das versprochene „Geschenk Tempo" von 80 nicht einhält. Sie würde es sich so gerne mal am Sonntag mit ihm in Waldbröl gemütlich machen. Wenn Papi aber zu Hause bleiben muss, behält er den ganzen Sonntag den Pyjama an, liegt stundenlang im Bett, rasiert sich nicht und ist traurig. Trotzdem legt Hannelotte fest, Barbara wird nur noch einmal im Monat besucht. Diese Entscheidung kommt Kurt sehr entgegen.

Claudia will heiraten, Detlef Angler, einen Juristen, den sie in Bonn als Student kennen gelernt hat. Hannelottes Leben bekommt einen neuen Höhepunkt. Die Hochzeit vorzubereiten, ist für sie eine aufregende Herausforderung. In ihren Gedanken dreht sich alles nur noch um das Fest. Für die Feier wählt sie Schloss Georgshausen, wo die Trauung in der weiß-goldenen Barockkapelle stattfinden soll. Ein Menü mit sechs Gängen wird zusammengestellt, Tischkarten gedruckt, Blumenschmuck ausgewählt und eine kleine Kapelle soll zum Tanz aufspielen. Das Brautkleid, ein Traum aus weißem Satin mit Reifrock und Spitzen. Ihre „Kleine", ihr „Spätzchen", soll aussehen wie eine Prinzessin. Ein mit Blumen geschmückter Autokonvoi bringt die Gesellschaft zum Schloss. Die Gäste werden mit Champagner empfangen. Die kirchliche Trauung ist feierlich. Die Orgel spielt den Hochzeitsmarsch. Barbaras Kinder streuen Blumen. Die große Familie und viele Freunde sind gekommen. Diesmal weint Papi in der Kirche nicht, aber Mami hat Tränen in den Augen. Sie ist so stolz auf ihre schöne, liebste Tochter. Ferdi hält wieder eine Tischrede: von Liebe und Abschied und in der Hoffnung, dass seine Tochter glücklich wird in der Obhut von Detlef. Es ist ein rauschendes, fröhliches Fest. Nur Hannelotte weiß, dass Claudia sich vor dem eheli-

chen Sex fürchtet. Sie verweigert sich Detlef wochenlang. Erst bei einem
Besuch in Waldbröl, in der Nähe der Mutter, kommt es zum Beischlaft.
Mit der Zeit, macht ihr der Sex dann einigermaßen Spaß.

Auch Claudia wird von Papi unterstützt. Er gibt Geld für den Bau eines
Hauses in Bonn, ganz nah beim Finanzministerium, wo Detlef tätig
ist, und nicht weit vom Gymnasium, in dem Claudia als Studienrätin
unterrichtet. Claudia bekommt zwei Kinder: Andre und Julia. Echtes
Interesse und Liebe empfindet Hannelotte nur für drei von ihren vielen
Enkeln. Es sind Claudias Kinder und Bernd, Barbaras ältester Sohn, ein
kluges, gütiges Kind mit riesigen, sprechenden Augen. Die Bevorzugung
bei Omi seinen Geschwistern gegenüber, empfindet er als peinlich. Immer bekommt er die mit Abstand schönsten und teuersten Geschenke.
Hannelotte gibt ganz offen zu, dass eine Großmutter das Recht hat, sich
ihre Lieblingsenkel auszusuchen. Hier verstärkt sich bei ihr die schon bei
ihren Kindern deutliche Ungleichbehandlung. Mathias ,der Sohn von
Klara, ist ein artiger, natürlicher Junge, Valentins Kinder in Amerika
kennt sie fast nur aus Briefen und Photos, mit Giselas Kindern hat sie
kaum Kontakt. Claudias Kinder sind wohl erzogen und altklug, Barbaras Kinder viel freier, aber nach Mammas Meinung wachsen sie auf
wie Unkraut und zu ihrem Entsetzen hat der noch ganz kleine Bernd
„Scheiße" gesagt. Werner, Valentins Sohn aus erster Ehe ist schon erwachsen. Nach dem Studium tritt er in die Firma des Stiefvaters ein.
Hannelotte hat mit ihm einen regelmäßigen Briefwechsel und er kommt
die Großmutter ab und zu besuchen.

Da Hannelotte mit Ferdi nicht mehr sehr viel unternehmen kann, widmet sie sich ganz der stilvollen Gestaltung des Hauses. Im Treppen-
aufgang gibt es ein großes Fenster nach Westen. Dort stellt sie Gläser
auf, deren Farben und Formen sie auf einander abstimmt und die im
Abendlicht zauberhaft leuchten. Grüne Wolfsmilch legt sie als Tisch-
dekoration in Kristallschalen. Auf dem kleinen Jugendstilsekretär liegt

ein bunter Briefbeschwerer aus Muranoglas. Sie hat die Gabe, überall etwas Besonderes zur Geltung zu bringen. Sie sammelt alte Römer und Moccatässchen. Jedes Familienmitglied ist als Photo in einem Silberrähmchen zu bewundern. Sie ist eine „Grand Dame" in einer gepflegten Atmosphäre. Für Ferdi macht sie sich täglich hübsch; nie ist sie ohne Schmuck. Er findet das rührend.

Gisela, die erfahren hat, dass ihr Vater Günther zwei Töchter aus zweiter Ehe hat, will ihre Schwestern finden und sie forscht nach, was aus ihrem Vater geworden ist. Hannelotte möchte das nicht, es regt sie auf, für sie soll das Kapitel Günther abgeschlossen sein. Gisela erfährt, dass Günther in den letzten Jahren seines Lebens in einem kleinen Dorf in Bayern ganz alleine gewohnt hat und auch dort verstorben und begraben ist. Er wurde von den Bewohnern des Dorfes unterhalten, die den freundlichen, in sich gekehrten Eigenbrötler gern hatten. Die Tragik ist, dass Günther, der als verantwortungsloser Versager galt, in Wahrheit ein schwer kranker Mann war, dem keiner geholfen hat. Es muss wohl ein in Schüben verlaufendes manisch depressives Leiden gewesen sein.

Ferdi ist nun schon über siebzig Jahre alt und die Arbeit fällt ihm zunehmend schwer. Er ist vergesslich und kann sich schlecht konzentrieren. So ist es vernünftig, das Notariat aufzugeben. Hannelotte tut es leid, denn sie hat sehr guten Kontakt zum Büropersonal. Es ergibt sich mit den Sekretärinnen manche gemeinsame Kaffeestunde, wo Hannelotte Gelegenheit hat, Erlebnisse auszutauschen , mit ihren Kindern und Enkeln zu prahlen und Photos zu zeigen. Sie selbst erfährt dabei immer den neuesten Klatsch von Land und Leuten. Fräulein Wagner, eine kleine, aufgeblondete, besonders neugierige Jungfer, ist dabei die beste Quelle, auch wenn es darum geht, Neuigkeiten unter die Leute zu bringen. Ferdi kauft ein Haus. Es ist schön gelegen, am Rande des Ortes, dicht bei einer mit Wald bestandenen Grünanlage und doch so nah am Zentrum, dass man viele Geschäfte leicht zu Fuß erreichen kann. Das Haus ist zweistöckig, hat eine Terrasse und einen kleinen Garten. Die obere Wohnung wird vermietet. Hannelotte und Ferdi ziehen ins Parterre. Sie haben einen sehr großen, hellen Wohnraum, der durch einen weiten Durchbruch mit dem Esszimmer verbunden ist; einen Damensalon, sowie Schlafzimmer und Bad. Hier kann Hannelotte ihre Kostbarkeiten noch besser zur Geltung bringen. Ferdi schenkt ihr eine Glasvitrine für das Damenzimmer, in der sie ihre wertvollen, zerbrechlichen Erinnerungen aufstellen kann. Während sie sich mit Garten, Haushalt, Einkäufen und Briefe schreiben beschäftigt, wird Ferdi körperlich und geistig träge, was seinen Zustand verschlechtert. Außer einem kleinen Taschengeld, hat Hannelotte niemals Geld zur eigenen, freien Verfügung. Ferdi meint, dass sie überhaupt nicht mit Geld umgehen kann. Er war immer mit ihr sehr großzügig und erfüllt ihr nach Möglichkeit alle Wünsche. Andererseits fürchtet er, sie würde unkontrollierbare Mengen Geld für Geschenke ausgeben, vielleicht auch für ihre Kinder aus erster Ehe, und dass wollte er verhindern. Diese völlige finanzielle Abhängigkeit belastet Hannelotte und kränkt sie. Es kommt noch schlimmer. Sie erfährt, dass Ferdi die Töchter als Alleinerben eingesetzt hat und ihr nur das Nießbrauchrecht für das Haus mit Mieteinnahmen und eine Versorgung durch die Notarkammer nach Ferdis Tod bleiben würde. Immerhin sind die Töchter durch das Testament verpflichtet, für die Versorgung der Mutter aufzukommen, falls zusätzliches Geld gebraucht wird. Hannelotte ist tief enttäuscht von Ferdis Misstrauen. Wie kann der Mann, den sie liebt und den sie bereit ist zu betreuen und zu pflegen, sie so entmündigen. Es ist für sie ein starkes Trauma. Plötzlich wird Geld für Hannelotte ungeheuer wichtig. Es hat einen großen Stellenwert und bedeutet ihr Macht, Selbstständigkeit, Unabhängigkeit, Einfluss. Jeden Pfennig vom Taschengeld legt sie auf ein persönliches Sparbuch. Es ist, als könne Geld alle Liebe auffressen.

Trotzdem sehnt sie sich nach Harmonie. Sie versucht, sich mit ihm Freude zu machen durch kleine Ausflüge, die noch möglich sind und Einladungen fur Schumachers, die Hausärztin Frau Dr. Poschmann oder die Kinder. Sie ist froh, nicht allein zu sein und ihre Lebensaufgabe ist es eben, für ihn zu sorgen. Ferdis intellektuelle Leistungsfähigkeit

lässt weiter nach. Noch findet er sich im gewohnten Tagesablauf zu-
recht. Doch eines Tages, nach einem selbstständigen Spaziergang, findet
er nicht mehr alleine zurück. Eine junge Frau, die Ferdi flüchtig kennt,
führt den hilflosen Mann nach Hause. Die folgenden Jahre werden für
Hannelotte sehr schwer. Ferdi wird zunehmend zum Pflegefall. Sie muss
ihn rund um die Uhr betreuen. Sie ist durch ihn völlig ans Haus gebunden. Es gibt für Hannelotte, die bald schon achtzig Jahre ist, keinen
Urlaub, kein Ausruhen. Die Kinder helfen ihr nicht. Alle sind mit sich,
mit ihrer Familie, mit dem Beruf beschäftigt. Die Mutter klagt nicht,
und keiner macht sich klar, dass die Belastung für sie viel zu schwer ist,
dass sie dringend einmal Urlaub braucht und die Kinder ihr die Pflege
für wenigstens ein bis zwei Wochen abnehmen müssten. Nur ab und
zu kommen die Kinder für ein paar Stunden zu Besuch und lassen sich
dann auch noch mit Kaffee, Kuchen oder auch Abendbrot von der Mutter bedienen. Natürlich freut sie sich und hat auch noch für jeden ein
kleines Überraschungsgeschenk. Schließlich liegt der Vater nur noch
im Bett. Mit der Hilfe eines Krankenpflegers betreut Hannelotte ihn
wie ein Baby. Nachts lauscht sie ängstlich auf seinen Atem. Trotz aller
Mühe will sie ihn möglichst lange behalten und sie fürchtet sich vor
dem endgültigen Abschied. Er erkrankt an einem Magen-Darm-Infekt.
Schon am nächsten Morgen ist er bewusstlos. Mamma telefoniert mit
den Kindern. Barbara und Claudia kommen gleich. Schon gegen Mittag
schläft der Vater ein. Nun ist Hannelotte endgültig allein. Sie fühlt sich
so müde, erschöpft, ausgelaugt und leer. Auf einmal fühlt sie sich alt.
Das Alter zerstört die Kräfte, die Schönheit, das Alter bringt Alleinsein,
vielerlei Verzicht und Gebrechen. Das Schlimmste am Alter aber ist, dass
alle Sünden der Jugend als furchtbare Rächer den Menschen heimsuchen.
Zu viel leichtsinniger Sex, zu viel Sonne, zu reichliches Essen, von Alkohol und Rauchen ganz zu schweigen, bringen gesundheitliche Schäden.
Ein Mensch, den man einmal im Leben enttäuscht oder gekränkt hat,
wird einem im Alter nicht mehr helfen. Ein ungerecht behandeltes Kind
wird einen niemals mehr wirklich lieben. In der Jugend hat man fast

immer die Chance, Fehler wieder gut zu machen, im Alter ist es fast immer zu spät.

Hannelotte ist zweiundachtzig Jahre alt, sie erholt sich wieder, sie gibt sich nicht auf. Sie weiß nicht, dass sie noch fünfzehn Jahre Leben vor sich hat. Sie kauft sich einen kleinen Zwergpudel City, der ihr ständiger Begleiter ist. Nur zu Claudia darf sie ihn nicht mitnehmen. Gerade diese Tochter besucht sie so gern. Sie fährt dann mit dem Bus nach Bonn und schleppt Taschen voller Geschenke. Das Einkaufen in Waldbröl ist noch immer ein großer Spaß für Hannelotte. Eines Tages wird sie auf dem Bürgersteig von einem rückwärts aus einer Einfahrt herausschießenden Auto umgefahren. Schenkelhalsbruch; viele Wochen Krankenhaus. Klara kommt nach Waldbröl und sitzt jeden Tag an ihrem Bett. Hannelotte ist schlecht gelaunt, die krankengymnastischen Übungen sind anstrengend und schmerzhaft. Sie will gemütlich im Bett bleiben und warten, bis sie wieder gesund ist. Dann kann sie immer noch turnen. Es ist ganz schwierig, ihr klar zu machen, dass sie selbst mitarbeiten muss, um wieder fit zu werden. Endlich darf sie nach Hause, sie kann laufen, aber nur mit einem Krückstock. Mit den selbstständigen Einkäufen in Waldbröl ist es zu Ende. Sie muss sich alles schicken lassen. Sie sammelt Kataloge von Otto, Quelle, Heine etc. Sie macht Bestellungen für sich und die Kinder, ist modisch immer auf dem neuesten Stand und das Wichtigste, sie ist beschäftigt. Sie liebt ihre Wohnung mit den vielen Kostbarkeiten. Jedes Stück ist Erinnerung an ein Erlebnis. Mal stellt sie die Meißner Vase auf den Couchtisch, die Papi ihr mit Rosen brachte, mal den Silberrahmen von Valentin mit einem Familienphoto, mal eine Keramikschale mit Früchten aus Italien. Frau Dogan, eine junge Kroatin, von der sie sich im Haushalt helfen lässt, schmückt immer den Weihnachtsbaum und stellt die erzgebirgischen Figuren um sie herum. Zu Weihnachten möchte sie in ihrer Umgebung bleiben. Sie zündet sich die Kerzen an, isst Gänsebrust und telefoniert lange mit allen Kindern, denen sie wunderschöne, in Monaten gesammelte, sehr persönlich ausgedachte Geschenke geschickt hat. Hannelotte ist so weit wieder hergestellt, dass sie einen Besuch auf dem Weihnachtsmarkt in Köln riskieren kann, mit ihrem Urenkel. Es ist Jochen, Mathias Kind, der schon acht Jahre alt ist. Ihre Kindheitserinnerungen an Dresden sollen wieder wach werden. Sie will ihm die erzgebirgischen Pyramiden zeigen, die Rauschgoldengel mit den zarten Gesichtern aus Wachs und den weißen Locken, die Spieluhren mit den alt vertrauten Weihnachtsliedern und die Krippe mit den fast lebensgroßen Figuren. Sie wollen Kokosmakronen, Waffeln und heiße Maronen essen und mit dem Duft nach Glühwein, Zimt und Anis die Weihnachtsromantik genießen. Beide erreichen den Weihnachtsmarkt. Jochen will kein Räuchermännchen haben, er will keine Waffeln essen, keinen Reibekuchen mit Apfelmus. Er wünscht sich eine Nikolausmütze, deren Rand gesäumt ist mit hell dunkel blinkenden Lichtern. Dann will er ins Spielzeuggeschäft. Dort eilt er zu den Computerspielen. Er lässt Kampfflugzeuge abstürzen, Dinosaurier beißen und fressen sich, Außerirdische kämpfen mit Menschen und bedrohen die Erde. Er kann sich kaum von den Spielen trennen. Schließlich möchte er zu Mac Donald und bestellt Hamburger mit Pommes, Mayo und Ketchup. Omi ist sehr enttäuscht. Ist die Zeit denn so schnell an ihr vorüber gegangen?

Schließlich gehen sie noch einmal zum Weihnachtsmarkt zurück. Plötzlich bleibt Jochen stehen. Ein Junge aus seiner Schule spielt Geige. Ganz zart spielt er ein Weihnachtslied. Die Leute werfen Geld in seinen Geigenkasten. Jochen zeigt sich beeindruckt. Omi zeigt ihm einen Stand mit Keramikhäuschen in verschiedenen Größen. Es sind Nachbildungen von alten Fachwerkhäusern, von Rathäusern oder auch Kirchen. Man kann Lampen oder Kerzen hineinstellen und dann leuchten die Fenster. Jochen findet sie wunderschön und er wünscht sich einen rosa Postgasthof. Von seinem Taschengeld kauft er für Omi einen Stern aus Glas. Beide teilen sich ein Tütchen mit gebrannten Mandeln, weil die Bude so köstlich geduftet hat. Es fängt leise an zu schneien. Jochen ist auf einmal ganz weihnachtlich ums Herz. Nun war es doch ein wunderschöner Ausflug, der sich auch für Hannelotte gelohnt hat. An den Feiertagen kommen die Kinder und Enkel zu Besuch. Hannelotte kann sich so herzlich über auch kleine Geschenke freuen, besonders wenn sie merkt, dass sie mit Liebe ausgesucht sind. Sie ist so stolz auf eine Flasche Chanel, eine Schleife von Lagerfeld oder einen Pullover mit glitzernden Pailletten.

Bruder Fritz, der mit seiner zweiten Frau Lilo im Taunus wohnt, kommt manchmal zu Besuch. Beide schwelgen dann in Erinnerungen an Dresden, an das Elternhaus, an gemeinsame Freunde.

Eine große Sorge für Hannelotte ist immer wieder das Geld. Der Schwiegersohn Detlef behauptet, Tausende seien in dunklen Kanälen verschwunden und Mama hätte das Geld veruntreut und unterschlagen. Mit solchen bösartigen Verdächtigungen beeinflusst er auch die anderen Kinder. Mamma ist völlig verzweifelt. Sie wird als Diebin hingestellt, sie ist so unglücklich, nicht in der Lage sich zu rechtfertigen. Schließlich kann sie doch nachweisen, dass in den letzten Jahren von Ferdis Leben sehr viel Geld verbraucht worden ist und dass gerade Detlefs Familie die teuersten Geschenke bekommen hat. Claudia gibt an, von nichts zu wissen. Sie will sich um gar nichts kümmern und macht mit Mammi aus, niemals über Geld zu sprechen. Die Frage bleibt offen, ob sie zu schwach ist um sich gegen Detlef durchzusetzen ,oder ob sie ihm glaubt und von Mammas Schuld überzeugt ist. Ganz sicher ist sie nicht so böse und geldgierig wie er. Mammi jedenfalls ist überzeugt, dass das arme Kind von Detlef unterdrückt und seelisch misshandelt wird.

Mammis laufende Bezüge sind knapp, weil sie zunehmend mehr Geld für Personal braucht. Sie telefoniert so gerne, es ist ihre wichtigste Informationsmöglichkeit. Ihr ganzes Glück ist es, Geschenke zu machen. Die Kinder beschließen, die Mutter zu unterstützen. Jeder beteiligt sich, nur Gisela lehnt ab. Zwischen Hannelotte und Gisela werden die Fronten immer härter, sie schaffen es nicht, sich näher zu kommen und zu verzeihen. Gisela stirbt an einem plötzlichen Herztod, ohne Versöhnung.

Wieder hat Mamma einen Unfall. Auf feuchten Fließen in der Küche rutscht sie aus, stürzt. Wieder ein Schenkelhalsbruch, Krankenhaus, Operation, Schmerzen, unendliche Mühe wieder zu stehen. Sie hat einen starken Lebenswillen, sie will die Krankheit besiegen. Franziska, die Enkeltochter aus Amerika, kommt einige Wochen, um die Großmutter zu pflegen. Hannelotte lernt es, an zwei Krücken durch die Wohnung zu gehen. Sie kann sich alleine an und ausziehen und waschen. Draußen kann sie nur mit Hilfe einige Schritte gehen. Wieder ist es Klara, die sich am meisten um Mamma kümmert. Hannelotte lässt ihr persönliches Unglück, ihren Frust an ihr aus. Klara wird häufig beschimpft und braucht viel Kraft und Seelenstärke, um Mamma zu ertragen. Allmählich geht es Hannelotte besser. Immer noch freut sie sich sehr über Gäste, sie macht sich dann hübsch, legt Schmuck an und lässt sich frisieren. Frau Dogan, ihre gutmütige Hilfe, muss einkaufen, den Tisch festlich decken mit Kerzen und Silber und ein Menü kochen nach Mammas Angaben. Geistig ist Hannelotte so frisch wie immer. Sie hat vierzehn Enkelkinder und schon neun Urenkel. Namen und Geburtstage von allen hat sie im Kopf. Sie kennt auch alle Probleme, Schwierigkeiten und alle großen Ereignisse von jedem Mitglied der Familie. Noch eine große Reise möchte sie machen. Obwohl sie schreckliche Angst vor dem Fliegen hat, beschließt sie, Valentin in Amerika zu besuchen. Es ist für sie ein riesiges Abenteuer. Sie fliegt nach Philadelphia. Sie hat sehr große Erwartungen. Sie ist glücklich, bei Valentin zu sein, sein Umfeld zu erleben. Valentin und Küken sind beruflich sehr eingespannt und haben nur am Wochenende für Mamma Zeit. Gegessen wird aus dem Kühlschrank oder „Fast Food". Mamma ist viel allein. Die Ausflüge am Sonntag bedeuten stundenlange Fahrten auf der Autobahn. Sightseeing in Washington beeindruckt sie nicht, sie hat so viel schönere Städte und Landschaften kennen gelernt, voll Romantik und Kultur. Sie hat erwartet, dass die Kinder sich viel mehr um sie kümmern, sie viel mehr verwöhnen, dass sie für Valentin ein paar Wochen lang der Mittelpunkt ist. Leider hat sie kein einziges Mal Gelegenheit, mit ihm alleine zu sprechen. Sie will es nicht zugeben. Aber nach und nach wird klar, dass die Amerikareise eine große Enttäuschung war.

Eines Tages muss sie sich von dem kleinen City trennen. Er stirbt in ihren Armen. Ein neuer Schmerz, noch mehr Einsamkeit. Mamma begrüßt morgens sogar die Fliege an der Wand. Obwohl Hannelotte alle Fernsehserien kennt und für Juhnke und Gottschalk schwärmt, vermisst sie täglich den kleinen Hund. Katzen und Vögel kann sie nicht leiden, sie wünscht sich so sehr einen neuen Hund. Die Kinder finden den Wunsch unmöglich. Mamma, sei doch vernünftig, mit vierundneunzig Jahren, da ist man doch zu alt für einen Hund. Warum denkt ihr nicht an mich, ich hätte einen Freund, ich wäre nicht so alleine. Barbara besorgt ihr einen York Shire Welpen. Mamma ist froh. Der Hund bringt ihr Schwung,

Hannelotte mit Yuppy im Alter von 96 Jahren

neuen Lebensmut und gute Laune. Der kleine Yuppy ist ein lustiger Kerl. Leider schaffen Frau Dogan und auch die zweite Putzhilfe, eine Russin, es nicht, Yuppi stubenrein zu erziehen, so dass Mammas Polstermöbel durch Hundepfützen ruiniert werden.

Hannelotte hat Zeit, über ihr Leben nachzudenken. Es wird ihr klar, wie wenig man seine eigenen Kinder kennt. Wie vieles man gar nicht bemerkt hat, was die Kinder bewegt. So viel Enttäuschung entsteht durch Missverständnisse. Viel mehr sollte man miteinander reden. Man kann die Zeit nicht zurück drehen. Sie hat viele Fehler gemacht. Sie will verzeihen, sie wünscht sich, dass man ihr verzeiht. Körperlich geht es ihr nicht mehr gut. Sie hat Beschwerden mit dem Magen-Darm-Trakt. Ihr fehlt der Appetit, nach dem Essen wird ihr übel, sie leidet unter Bauchschmerzen und ist sehr hartleibig. Ihre Lieblingspralinen, die die Kinder ihr schicken, kann sie nicht mehr essen. Sie werden im Schrank gestapelt, weil die Kinder nichts merken sollen. Aus Angst, sie wird ins Krankenhaus geschickt und auch aus Angst vor technischen Untersuchungen, verschweigt sie ihre Beschwerden, so lange es geht. Mamma wird immer dünner. Ringe und Armbänder rutschen ab. Nicht nur die Kinder, auch sie selbst hat große Sorge, sie lebt so gerne, sie will nicht sterben. Sie hat Angst vor dem Tod. Auf keinen Fall will sie aber ins Krankenhaus. Sie wünscht sich so sehr noch ein Weihnachtsfest zu erleben. Die Bauchschmerzen werden stärker und steigern sich so unerträglich, dass sie Morphium braucht. Es kommt zum Darmverschluss. Hannelotte muss schrecklich leiden, auch Morphium kann die Qual kaum lindern. Nur die Russin ist bei ihr, sie sitzt an Mammas Bett. Hannelotte weint so sehr, weil sie fühlt, dass sie sterben muss. Die Russin telefoniert die Töchter an und sagt, dass es mit der Mutter zu Ende geht. Barbara hat einen weiten Weg von Stuttgart nach Waldbröl. Kurt ist gerade in Amerika. Als Barbara ankommt, erkennt Mamma sie nicht mehr. Ihre letzten Worte sind ganz leise: „Noch Schule, sie kommt dann". Ihre Gedanken sind bei Claudia, die als Studienrätin noch tätig ist. Barbara sitzt an ihrem Bett, aber die letzten Worte gelten ihrem Spätzchen, auf das sie gewartet hat. Barbara fühlt plötzlich, wie sehr sie die Mutter geliebt hat, wie sehr sie ihr fehlen wird und wie viel sie versäumt hat an Fürsorge, Hilfe und Geduld. So oft war sie ungerecht und verständnislos. Jetzt ist nichts mehr gut zu machen. Wenn sie auch nur an vorletzter Stelle gestanden hat auf der Liebesscala der Geschwister, so hat es doch nur ganz wenige Menschen gegeben, die sie mehr geliebt haben als die Mutter – der Vater, der Ehemann und vielleicht die Kinder.

Der 04. Dezember 1993 ist ihr Todestag. Weihnachten hat sie nicht mehr erlebt. Mamma hat ihre Beerdigung selbst bis ins Kleinste vorbereitet. Glaube, Liebe, Hoffnung diese drei, aber die Liebe ist die größte unter ihnen. Alle singen: So nimm denn meine Hände und führe mich.

Und wenn ich weissagen könnte und wüsste alle Geheimnisse und allen Glauben, also dass ich Berge versetzte und hätte die Liebe nicht, so wäre ich nichts.

Erster Korinther 13, 2